GCN文庫
放課後の迷宮冒険者《ダンジョン・ダイバー》
～日本と異世界を行き来できるようになった僕はレベルアップに勤しみます～
著：樋辻臥命
イラスト：かれい
JN103022

スクレール
アキラが助けた異世界人で、耳長族の女の子。勁術という格闘術を使う。強い。
クドー・アキラ
異世界と日本を行き来できる高校生。迷宮を独り歩き回る様子から「一人歩きの小人」と呼ばれる。

アシュレイ
冒険者ギルドの受付でアキラの担当。冒険者に色々おねだりする様子から「集りの魔女」と呼ばれる。
エルドリッド
アキラが助けた異世界人で、尻尾族の女の子。尻尾が自慢。あと強い。
Coffee

「あー、見える見える見えちゃいますよー」
少年はそう言って、視線を逸らした。

放課後の迷宮冒険者
～日本と異世界を行き来できるようになった僕はレベルアップに勤しみます～

著：樋辻臥命
イラスト：かれい

GCN文庫

CONTENTS

第1階層　ダンジョンにて奴隷を助ける

——それは、僕がいつものようにガンダキア迷宮で『吸血蝙蝠《ブラッディバット》』をちまちま狩っていたときのことだ。

暗がりの中、やたら器用に飛んでくる牙のでっかいコウモリくんたちを、お得意の雷の魔法で「飛行属性は雷属性に弱いのは常識だよね常識ー」と冗談アーンド鼻歌交じりに倒していると、階層の先から数人と思《おぼ》しき悲鳴の重唱が、石の壁面を反射して飛んできた。

ははーんこれは強いモンスターに襲われてピンチなんだろうなー、危なそうだし行きたくないなー、でもモンスターが手負いだったら経験値《スコア》のおこぼれに与《あずか》れるチャンスもとい救助できるかもしれないなー、よし！　まだ余力もあるし経験値《スコア》ゴチもとい人助けをしちゃおう、と、一通り脳内で現状把握と今後の指針を閣議決定し、階層の奥へと踏み出した。

いつもは相性のいい『吸血蝙蝠《ブラッディバット》』ばかりをセコセコ狩っているだけだから、この先の階層にはそう頻繁に踏み入ったことがない。

いま僕がいる場所、ガンダキア迷宮の【暗闇回廊《くらやみかいろう》】って階層は、地上に比べ頭オカシイくらいにじめじめしていて、ここ特有のすえた臭いとあいまって不快指数が天元突破《てんげんとっぱ》。先に進む冒険者《ダイバー》の足を阻《はば》む一番の強敵はモンスターではなく、その臭いと足もとのネバネバだともっぱらの評判なくらいひどさあまりある環境で、それは先に進むほどに強烈になり――つまりあんまり先には進みたくなかったから進んでいないないだけなのだ。

先に進んだこと自体はちゃんとあるんだけれどね。

「うっげー、気持ち悪い。なにここなんでこんなに臭いがキツイのさ。いつものとこの比じゃないよこれ。ファンタジー世界で廃墟臭とか勘弁してよ」

などと幻想世界にあこがれを抱いていた少年の夢がまた一つ壊されて、そろそろ鼻の方もガチでぶっ壊されそうだなーというとき、暗がりの先にドーム状に開けた広場があるのが見えた。

サファリハットに装着した登山用ライトをグリグリひねって光量を目一杯に上げ、サファリジャケットの着心地を確認。手に持った『長万部《おしゃまんべ》のお土産アメジスト』付きの杖《つえ》を、一、二回ぶんぶんと振って具合を確かめ、淡い光の示す先へと踏み出した。

――果たして【暗闇回廊】のボス部屋らしき一画、ドーム状の広場には、巨大なボス級《クラス》モンスターと銀髪の少女が、死闘を繰り広げている真っ最中であった。

「あっちゃー、まずったかも」

経験値《スコア》に釣られてノコノコやって来たことをちょっとだけ後悔しながら、通路脇の物陰に隠れて、ボス部屋の様子を窺《うかが》う。

ここ【暗闇回廊】のボス級《クラス》モンスターは何体かいるが、目の前のボスは山羊《やぎ》の頭を持った四腕二足の巨大な魔人で、筋肉隆々超隆々。ボディービルダーも裸足《はだし》で逃げ出すような見た目であり、その体躯《たいく》に見合った大きさのハルバードをぶんぶんと振り回していた。

一方そのボスモンスターと戦っている少女はといえば、僕と同年代くらいの年のころ。長い銀髪を大きなポニーテールにしていて、先をくるりとカールさせ、さながらリスの尻尾のようにも見える。拳を武器に格闘戦を挑んでいるのにもかかわらず、身にまとうのはぼろきれのような薄い粗末な服のみで、それもビリビリに破けまくってるからきちんと役割をこなせているのか正直疑問なほど頼りない。というか面積すらない。見えてはいけない部分がだいぶ露出しているけど、いまはそんなことを気にしている余裕はなさそうだ。

特徴的な部分が目に付く。少女の両耳が普通の人間に比べて異様に長い。細長くとがった耳の先が下方へ伸び、おそらく十五センチほどの長さがある。

「耳長族かぁ……」

――耳長族。ここ異世界ド・メルタでは、美と戦いを司《つかさど》ると言われる青妹神《せいまいしん》サフィアに最も愛されていると言われる種族だ。男女にかかわらず美しい見た目を持ち、強い魔力を持ち、強い力を持ち、高い知能を持ち、持ち持ち持ち——つまりなんでも持っているとされるとんでもなく優れた種。そう、ここ異世界ド・メルタの誇るチート種族なのである。

ただ唯一、持ちすぎているために、他の種族——主に人間から羨望と嫉妬を買い、そのため息が出そうなほどの見た目もあいまって、よく奴隷として取引されているという不遇の種でもあるらしい。

いま戦っている少女も、よくよく見れば魔力が付与された首枷《くびかせ》と鉄球が付いている。迷宮内に連れてこられているため、おそらくは戦闘奴隷として買われたクチだろう。

「で、その奴隷主は、と……」

この場においてはボスよりも死ぬほどめんどくさそうな相手である奴隷主を探して、ボス部屋内に視線をさまよわせると、銘々《めいめい》武器や鎧《よろい》を装備した男女が石畳の上に転がってこと切れているのが見えた。おそらく先ほどの悲鳴は、彼らのものだったのだろう。ボスに遭遇して戦ったけど、奮戦むなしくご臨終《りんじゅう》。種族的に優位であった耳長族の少女だけが生き残って戦っているといった状況に間違いない。合掌《がっしょう》。なんまんだぶなんまんだぶである。

それはともかく、少女の方もさすがに劣勢だ。奴隷の力を制限する魔力の枷がつけられているため力を思うように発揮できず、ボスに押されてきている。

「べ、別に可愛《かわい》い女の子だから助けるとか、奴隷ってやっぱりかわいそうだなとかそういうのじゃないしー。経験値《スコア》。僕は単に経験値《スコア》が欲しいだけだしー。それがここまで来た目的だしー」

とかなんとか言いつつ、魔力を溜《た》める。

ボスはいまもって耳長族の少女に気を取られており、部屋の外のことなどまるでお構いなしだ。こちらは魔法の使用に伴い魔力の光が漏れてしまうけど、ボス部屋はどういうわけかご丁寧に火のついた燭台《しょくだい》が大量にあるため、多少光が生まれても気付かないだろう。あとはボスだろうがそうでなかろうが、一撃で撃破できる高威力の魔法を放つために、魔力を必要分チャージするのみである。

そしてあとは、少女が倒されないことを祈るだけ。

間に合わなかったらごめんと心の中で呟《つぶや》いて、チャージに集中する。

そんな中、少女がボスの強烈な一撃に吹き飛ばされ、壁に叩《たた》き付けられた。床に臥《ふ》す少女。ボスが巨大なハルバードを振りかぶる。少女は動けない。絶体絶命。

――しかし、間に合っちゃうのが、こういうときのお約束なのである。

「チャージ完了……魔法階梯第四位格《スペルオブフォース》、稲妻の跫音よ突き刺され《アメイシスボルト》！」

杖の先に広がった魔法陣に巨大な雷球が生まれ、そこから幾条もの紫電が迸《ほとばし》る。魔力を十分蓄え込み、力となしたそれは過たずボスの方に向かっていき――ボスを貫いた。

紫電がボスの身体を内側から焼いていく。その身が滅び去るそのときまで決して止まぬ稲妻が、断末魔の絶叫を強要させ――やがてボスはその場に倒れて砕け散った。

……後に残ったのは、モンスターの核の部分である結晶と、倒れ伏した少女と自分、そして。

「よし、レベルアップ！　……って、ちょっとなにこれ？　『吸血蝙蝠《ブラッディバット》』狩りなんて馬鹿らしくなってくるぐらい入ってきたんですけど……」

ボス撃破に伴い入ってきた経験値量《スコア》に目を丸くして、僕、九藤晶《くどうあきら》は倒れた少女の下へと歩み寄ったのだった。

§

――物憂げなまどろみから、ふいに目が覚める。

どうやら、寝ていたらしい。朦朧《もうろう》とした意識のまま、起き上がって状況を確認する。

果たして、ここはどこか。見回せば、ここがガンダキア迷宮の【暗闇回廊】ではなく、その手前の階層の【黄壁遺構《おうへきいこう》】であることがわかり、その通路の端のくぼんだ空間にいるということもわかった。

おそらくここは、階層に点在する安全地帯《セーフポイント》なのだろう。周りにはモンスター除けの晶石《しょうせき》杭《くい》がびっしりと打ち立てられている。ここであればモンスターが入り込むこともないため、寝ていたとしても襲われる心配はない。

だが迷宮内で寝ていたこと、そして奴隷にもかかわらず眠りに落ちていたことに震えを覚え、無意識に身体を抱くと、過度に柔らかく厚みのあるタオルをかけられていたことに気付く。

タオルの柔らかさに心をとらわれそうになっていると、すぐ近くに人の気配を察知。そちらへと目を向ければ、見知らぬ少年が不思議な魔道具を使って、お湯を沸かしていた。

「ん？　気付いた？　ちょっと待っててね。いまコーンスープ作ってるから」

少年は私が目を覚ましたことに気付き、そんなことをにこやかに言ってくる。

彼の言う『こおんすうぷ』というのがなんなのかはわからなかったが、人の声を耳にしたことで、徐々に頭にかかった靄《もや》が晴れてくる。

「あー、まだおとなしくしていた方がいいよ？　僕も魔力使いすぎちゃって回復魔法を十分かけてあげられなかったから、ところどころ痛いでしょ？」

確かに、身体に痛みが残っている。ボスの大打撃《ビッグヒット》をもろに受けた記憶があるため、おそらくはそうなのだろう。

それはともかく、

「ここは、どこ？　私は確か、ボスと戦ってたはず」

「【暗闇回廊】のボスはめでたく僕と君の経験値《スコア》になりました。もういません」

「倒したの？」

「君が引き付けててくれたから、魔法を撃つのに必要な分のチャージの時間が十分取れてね。撃破よゆーでした」

少年はなんとも奇妙な口調でそう返す。言葉の通りならば彼は魔法使いで、助けてくれたのだとも取れるが——

「……あのさ、殺気しまいなよ。まあ、君が人間相手に警戒する気持ちはわかるけどさ」

「うるさい。お前は何者？　助けたのは、奴隷にするためか？」

拳を顎に向かって突きつけると、不思議な恰好をした少年は臆病なのかひどくびくついて、焦り出し——

「いえいえいいえ！　僕は単にボスの経験値《スコア》が欲しかっただけですほんとです！　君を奴隷にしようなんてこれっぽちも思ってません！」

「……ほんと？」

「………………すいませんちょっと奴隷にしたらどうなるだろうなーとかイケナイ妄想とかし

ちゃったりしました。てへへ」

正直に白状した少年の首を両手で掴《つか》み、無言のまま力を入れる。

「しししししし死ぬ死ぬ死ぬ死ぬ死ぬから！　ごめんごめんごめんごめんなさい！」

ささやかな抵抗か、わめいてもがく少年。そんな中、怪我《けが》のせいか、ふいに腕に痛みが走った。

冗談に対する制裁はもういいかと思い手を放すと、不思議な恰好をした少年が涙目になって訴えてくる。

「ひどい……結果的に助けたようなものなのに」

「それに関しては礼を言う」

「あと、僕からなんですけど」

「なに？」

「ちょーっとその状態で動かない方がいいかなー、なんて。僕的にはラッキー的な感じですけど君的には良くないことなのかなー、あー、見える見える見えちゃいますよー」

少年はそう言って、視線を逸《そ》らした。

気付くと、かかっていたタオルは外れており、肌がさらけ出されていた。

胸や股座《またぐら》の間まで。

もともと着ていた服は破けてしまっていて、隠す用をまったくなしておらず、布切れが巻き付いている程度に成り下がっていた。渡されたのは粗末な服だったのだ。ほぼ全裸の状態だった。

すぐにタオルを手に取って、抱きしめるようにして身体を隠す。

「……見た？」

「運ぶときにちょっとだけですけど」

そんなことを言われて、つい拳に力がこもってしまった。

「ご、ごご、ごめんなさいわざとじゃないんです！　ほんとです！」

「……確かに、この状態ならしかたない」

少年も視線を逸らしたし、いまも見ないように気を配っているのだ。

「……それよりも」

「それよりも？」

「あいつらは？」

少年はその問いかけで理解できたらしい。彼は「ああ」とどこか白けたような声を上げて、階層の奥へと目を向ける。

「お亡くなりです。僕が着いたときには手遅れだった。あの様子じゃ迷いなく逝《い》ってるだろうね。あー、こっちで言うと、黒母神《こくぼしん》オーニキスの御許《みもと》に抱かれたって言うんだっけ？」

「そう……」

気のない返事をしたが、奴隷主が死んだということで安堵《あんど》はしていた。これで、奴隷にされたときから一番に恐れていた『奴らの下卑《げび》た求め』に応じる必要もなくなったからだ。

すると、少年が訊《たず》ねる。

「やっぱり戦闘奴隷として連れてこられたの？」

問いかけに頷《うなず》く。そう、私はつい先日奴隷としてこの町に連れてこられ、あの冒険者《ダイバー》たちに買い取られた。そして奴隷の枷が馴染《なじ》むまでは戦闘奴隷として迷宮で戦うことを強要され、【暗闇回廊】の奥まで行ったのだが――

「ボスが、あいつらの手に余る相手だった」

「耳長族《君》を連れているから、調子に乗っちゃったわけだ。冒険者《ダイバー》あるあるだね。強い人間がチームに入ったから、自分たちも強くなったって勘違いしちゃうヤツ」

「たぶん」

そう、彼の言った通りだろう。奴らは手に入れた奴隷が強いから、強い力を手に入れたと錯覚し、警戒を怠ったのだ。迷宮に潜ることを生業《なりわい》とする『冒険者《ダイバー》』にあるまじき失態だろう。不思議な恰好をした少年も【暗闇回廊《ダイバー》】に向かう通路を、ひどく冷めた視線で見つめている。ヘタレな性格のようだが、確かに冒険者の目つきに相違ない。戦いに慣れて、いや、迷宮に潜り慣れてドライになった者の目をしている。

ともあれだ。やはり、気になることと言えば、

「お前は、私をどうするつもり？」

「どうしようかな。僕魔法使いだし、これから無理やり奴隷契約するって言ったら？」

「ブチ抜く」

「ごめんなさい嘘《うそ》ですすいません許してくださいちょっと出来心で言ってみたくなったんです。殴らないでほんとやめてド・メルタで一、二を争う最強種族に殴られたらマジで死んじゃうから」

「…………」

自分でそんな冗談を言っておいて、泣きながら平伏して平謝りをしだす少年。なんのつもりなのかよくわからない。魔法使いなのだから、奴隷を戒めることなど簡単にできるはずなのに。ひどい臆病者なのだろうか。こんな迷宮深くに一人で降りてきておいて臆病者というのもおかしな話だが、こちらの放った武威《ぶい》と殺気に本気で怯《おび》えているため、演技ではないのだろう。

彼のころころ変わりすぎる態度にこちらが困惑していると、少年は何かに気付いたように顔を上げ、

「ほ、ほらほら！　お湯も沸いたし、コーンスープコーンスープ！」

彼はそう言って、バッグから取り出したカップに、黄色い粉末を入れ、沸かしたお湯を注ぎ始めた。

「なに？　薬？」

「いえいえ、あったかい飲み物です」

渡されたカップに鼻を近付け、すんすんと匂いを嗅《か》ぐ。お湯を注いだ瞬間からおそろしくいい匂いが漂っていたが、この状態はさらにすごかった。身体がそれを欲しているかのように、口の中に唾液が溢《あふ》れてくる。

……そういえば、まともな食事をしたのはいつだっただろうか。奴隷に落とされてからは、ずっと粗末な食事しか与えられていなかった。

そんなことを考えていた折、つい喉を鳴らしてしまった。

カップの中身を見ると、そこには湯気の立ち上る黄色いスープと、パンのかけらにも似た小さな粒が入っていた。

カップを傾けると表面がゆっくりと動いたため、とろみがついているのだろう。それを

濃厚そうだと思ってしまった瞬間、歯止めが利かなくなる。

見知らぬ人間に渡された飲み物に対して抱いていた危機感が、みるみるうちに溶かされていった。

「飲んでいいから。あ、おかしなものは入ってないからね」

「……もらう」

そう言って、口をつけた瞬間だった。

「！？！？！？！？！？！？！？！？！？」

「あー、すごくいいリアクションありがとうございます」

口の中をねっとりとしたスープが占拠すると、甘味のようなうまみが広がって……あとは幸せだった。

そして気付けば、カップの中身は空になっていた。

「その様子だと、お気に召したみたいだね」

「これ、なに？　こんな飲み物、知らない」

「これの名前はコーンスープ。これは異世界の神ク○ールが多くの人々とからくりを用いて作り出したと言われる伝説の飲み物なんだ。冬場にホットコーヒーと並んで電車通勤、通学する人々の心を温めることで重宝されているのだよ」

「こおんすうぷ……」

伝説の飲み物。大げさな文句だが、嘘には思えなかった。これだけ美味なのだ。伝説と語られても過言ではない。

だが――

「そんな貴重なものを、私に？」

「実を言うと昨日特売で安売りしてたんだよね。ひと箱百円切ったら超安いよね」

「………騙《だま》した？」

「ご、ごごごめんって！　悪かったから拳突きつけないで！　ストップストップ！　ほ、ほら！　もう一杯！　もう一杯あげるから！」

そう泣き言のように言って、少年は再び黄色い粉末をカップに入れ、お湯を注ぐ。

「……おいしい。私クノー〇教に宗旨替えする」

「いや、だからク〇ールなんて神様いないから」

「神様を騙《かた》るなんて罰当たり……ええと」

そういえば、この少年の名前を聞いていなかった。

口ごもっていると、少年の方も察しがついたようで、

「僕の名前は九藤晶。九藤が姓で晶が名前ね。アキラ・クドーって言った方がいいか

な？」

「私は……スクレール」

「スクレールだね。帰り道だけだろうけど、よろしく」

クドーアキラと名乗った彼は、気安げに挨拶をしてくる。不思議な雰囲気を持っている少年だった。いままで会った人間たちは、自分が耳長族とわかれば目の色を変え、下卑た視線を向けてくるにもかかわらず、この少年はそういったいやらしさが感じられなかった。

「それと、これ塩パンね。お腹空いてるっぽいし、食べておきなよ」

「……うん」

アキラからパンをいくつか受け取り、乱暴にかぶりつく。口に入れたパンは非常に柔らかくておいしかった。

ふいに、涙が溢れてくる。

「しょっぱい」

「あるある。ときどきやたらと塩がかかり過ぎててしょっぱい塩パン。下手なのに当たったね」

彼は自分の分のスープを作りながら、背を向ける。そんな彼に、ふと、吐息をこぼすように口にした。

「………ありがとう」

「いえいえ……落ち着いたら、ここを出よっか」

彼の言葉に小さく頷き、やけに塩辛く感じるパンにまた一口、かぶりついたのだった。

§

ガンダキア迷宮ではだいたい中層に位置づけられる【黄壁遺構】を抜け出して、いまは迷宮の出入り口手前の階層【大森林遺跡《だいしんりんいせき》】に到達している。

森と言っても、ここ【大森林遺跡】の安全で安心ないわゆる『帰宅ルート』は、他の場所とは違って茂みや木々で鬱蒼《うっそう》とした奥地っぽいところではなく、木漏れ日溢れる見通しのいい木立《こだち》の中。森の奥やら遺跡やらモンスターの住処《すみか》やらなら話は別だけど、基本的にモンスターも少なく安全で、散歩をするには最高のシチュエーションである。

僕が経験値《スコア》の狩場としている【暗闇回廊】で出会った少女の名前は、スクレール。耳長族には苗字をつける慣習がないらしく、名前はファーストネームのみだそうだ。

タオルを巻き付けたままお外を出歩くという春先に出てくる露出狂みたいな高度な変態ムーブorプレイを彼女に強要させるわけにも行かないので、いまは僕の予備の服を着てもらっている。

と言っても、どこにでも売ってるようなサファリウェアなんだけども。

銀色のポニーテールをリスの尻尾のように揺らし、長い耳をぴょこぴょこ動かして隣を歩いている。耳長族が例外なく美形であることもあって、とても可愛らしいことこの上ない。背は自分よりも少し低い程度なのだが、愛らしさが強いゆえ、あだ名をつけるならば『子リスちゃん』だろう。胸の方は子リスちゃんにあるまじきボリュームだ。重たそうに上下に揺れる様は本当に凶悪で、健全な男の子にはあまりに刺激が強すぎる。沸騰しそうになった頭をどうにかこうにか落ち着けた僕のことを、みんなはどうか褒めて欲しい。物理的なお礼も可である。欲しい物リストはない。

それにしてもスクレールは運が良かったんだろうね。

もしも彼女を連れた冒険者《ダイバー》たちがボス攻略などに挑まず、おとなしく奴隷の枷が馴染むまで待っていたならば、彼女は自分と出会うことなく彼らの慰み者になっていたはずだ。

強敵と戦わせてへとへとにさせて――という構図が簡単に思い浮かぶ。

それもあってか人間に良い印象を抱いていないようで、目が覚めたときからずっとこちらを警戒していた。だけど、○ノール神の加護と近所のベーカリーショップの塩パンのおいしさのおかげで、ある程度は気を許してくれたらしく、敵意はすでに解かれていた。

この世界だとお塩が結構な貴重品らしいから、塩がたっぷりかかった食べ物はそれだけで豪勢な部類に入るらしい。彼女のささくれだった心をほぐしてくれた塩パン様様である。

……というかおしっこ漏らしそうになるくらい強烈な殺気は、ほんと勘弁して欲しい。ほんとマジで。十代の食べ盛りに胃潰瘍発症とかシャレにならん。

「この白いの、スースーする」

そして当のスクレールさんはと言えば、そんなことを言いながら、腕に貼られた白い布を不思議そうに触っている。

「それ、湿布《しっぷ》ね。スースーするってことは効いているってことだから、そのままはっ付けておいて」

「これ、魔法の秘薬？」

「違うよ一枚数十円――鉄貨一枚くらいのお安い鎮痛薬。痛みが和らいだでしょ？」

「ふーん」

「剥がすと粘着力弱くなるからなるべく剥がさないように」

「わかった」

湿布薬が物珍しい……というよりはその粘着性が珍しいのだろう。こちらの世界の湿布薬っぽい扱いのものは、煎じた薬草《テア》の残りを塗って包帯を巻くような扱いだったはずである。

　本来ならばポーションか回復魔法ですべての傷を治してあげたいところなのだけれど、この世界の超不思議アイテムの一つであるポーションはこの前全部使ってしまったので、残念ながらちょうど手持ちがない状態なのだ。かといって回復魔法を使うにも、魔力を『吸血蝙蝠《ブラッディバット》』とボスの『四腕二足の牡山羊《フォースアームゴート》』を倒すためにほとんど使ってしまったので、ひどい怪我以外はそのままにして帰りの戦闘分のために温存中である。

　遠足は家に帰るまでが遠足、冒険は正面大ホールに戻るまでが冒険だ。

　そのため、サファリバッグに適当に突っ込んでおいた湿布薬がここで活躍したというわけだ。

　迷宮から外に出たあとは、静養するなり魔法使いに癒してもらうなりするだけ。

　迷宮の出口に近づくにつれ、徐々に人が増えてくる。それに伴い好奇の視線も増えてくるけど、それには気付かないふりをしてひたすら歩く。

　しかし、周囲のひそひそ話は聞こえてくるもので、

「おい、あれ耳長族じゃねぇか？」

「あんなガキが奴隷持ちかよ、ひえー、よっぽどのボンボンなんじゃねえか？」

「にしてもずいぶん可愛いな、あの耳長。あーあ、人のモンじゃなかったら俺が買ってた

のによ」

「酷使してるなー。迷宮から出たあとも激しい運動させるくせに、鬼畜なヤローめ」

「…………」

……違う。断じて違う。それはまったくの勘違いだ。スクレールは自分の奴隷ではない。彼女は助けただけなのだ。決して後ろ指差されたり、鬼畜とか言われたりしなければならないいわれはない。

なんかボスを倒すよりも厳しい厳しい道程を堪えに堪えながら、正面大ホールに直結する【大森林遺跡】の木漏れ日の中を歩いていると、やがて階段が見えてきた。

「着いた。いやー、今日はなんか大冒険した気分だよ……特に帰り道とか帰り道とか帰り道とかさ……もうげっそりですよ」

スクレールが「気分も何も大冒険だと思う」と呟いていた。やはり彼女もそう思うか。いわれのない言葉の雨にさらされることほど、精神的に来ることはない。

そのまま、迷宮の出入り口を覆うように設置された、ガンダキア迷宮専用の冒険者《ダイバーズ》ギルドの建物その窓口へと向かう。

冒険者《ダイバーズ》ギルドとは、自分たちが脱出したガンダキア迷宮を擁《よう》する自由都市フリーダによって運営される冒険者《ダイバー》たちの支援組織だ。

その業務内容はガンダキア迷宮に入る冒険者《ダイバー》たちや、それらに関連する様々な仕事の支援に当てられ、冒険者《ダイバー》が迷宮で手に入れてきた素材や食材などを買い取ったり、武器などをリース&レンタルしたり、ガイドを付けたり、冒険者《ダイバー》の力量に合わせてランキング付けしたりといろいろなことを一手に請け負っている。

スクレールを伴ったまま、いつものように、いつもの窓口、いつもの受付嬢のところに赴く。冒険者《ダイバーズ》ギルドでは、受付嬢はランクの査定がある関係上担当者が決まっており、毎度同じ受付嬢のところで報告をする決まりがあるのだ。

多くの冒険者《ダイバー》やそのチームに対応するため、ずらりと並んだ窓口。その一つを目指して歩くと、窓口に他の冒険者《ダイバー》はなく、自分の担当はちょうど手すきだった。

「アシュレイさーん！　いま戻りましたー！」

少し離れた位置から手を振ると、担当の受付嬢である赤髪の女性アシュレイさん――アシュレイ・ポニーは笑顔で手を振り返してくれた。

「あ、クドーくん。お帰りなさーい。今日の成果はどう？　稼げた？　いっぱい稼げた？」

「いつもとおんなじですかねー」

そう答えると、金の亡者アシュレイさんは現金な笑顔を露骨に不満そうなものに変え、

「なーんだ。いっぱい稼いで来たら何か買ってもらおうかなって思ったのにー。つまんなーい」

「…………あの、アシュレイさん。年下にタカるのやめましょうよ」

「なに言ってるのよクドーくん。男は年上だろうと年下だろうと関係なく、女の子にはみつ……ごほん、おごる義務があるのよ？　覚えておいた方がいいわね」

「ちょっと、いま貢ぐって言いかけましたよね？」

「さぁ？　で、今日はどこでなにしてたの？」

露骨に話を変えたアシュレイさんに対して、ため息を吐きつつ、答える。

「【暗闇回廊】で『吸血蝙蝠《ブラッディバット》』を飽きるほど狩って、レベルを上げてきました」

すると、アシュレイさんは呆《あき》れた顔を見せ、

「……そういうこと平気な顔でしてくるの、クドーくんくらいだと思うの」

「高位の冒険者《ダイバー》さんたちだって『吸血蝙蝠《ブラッディバット》』狩りやってるでしょ？　あそこ他に比べてほんと効率いいし」

「ソロでそんなことをしてるのはあなたくらいです！　……というか、そこにいる、クドーくんにはものすごーく不釣り合いなくらい可愛い子は誰なの？」

「あの、さらっとひどいこと言わないでくださいよ。心が傷つきますよ？」

「だって耳長族の子なんて平凡でパッとしない顔立ちのクドーくんに釣り合うわけ……あら？」

アシュレイさんはひどいことを言いまくる最中に、何かに気付いたらしい。というか何かも何も、スクレールの首枷だろう。

「ああ……クドーくんがいけない手順で大人の階段を……いくらモテないからってそんな鬼畜外道人外魔境冥府魔道な手段を使うなんて……お姉さん悲しいわ」

「ち、違いますって！　この子は僕の奴隷とかそんなんじゃなくて……」

「うん。わかってる。冗談よ、冗談」

「…………」

……僕はいま、ものすごーく酸っぱい顔をしているだろうね。

アシュレイさんは「うっそでーす」と言いながら、舌を出してぶりっ子アピールをする。

そりゃあ奴隷を買っていないことはわかりきっているだろう。迷宮に潜る前後は必ず窓口に顔を出さなければならない規定があるのだ。まさか迷宮《ダンジョン》内で奴隷を買ってくるなどありえない。

それに、

「彼女、私もちょっと前に見た覚えあるもの。確か『カランカの星』のメンバーに連れられてた戦闘奴隷の子だったかしらね……」

アシュレイさんはそう言って、ちらりとスクレールに目を向ける。

するとスクレールが口を開いた。

「あいつらはみんな【暗闇回廊】のボス級《クラス》……『四腕二足の牡山羊《フォースアームゴート》』に負けて死んだ」

「そうなの？」

「ええ。僕が行ったときはすでに……まあ同情は全然できないですけど」

「そう……あとで担当に報告しとかないとね。それで、あなたはこれからどうするの？奴隷主は死んだけど、奴隷の枷もあるし……」

「奴隷に戻るのは嫌。絶対」

声に釣られて振り向くと、スクレールは小刻みに震えていた。怒りか、屈辱か。いや、そのどちらもだろう。人にいいように弄ばれ、使われる人生など、考えただけでぞっとする。

というわけで、動き出そうか。

「それじゃあそろそろ、ディスペライしよっか」

「は？」

「え？」

二人して「何を言っているんだコイツ？」と言いたげな表情を向けてくる。もちろん二人とも、ディスペライというのが何かを知ったうえでそんな顔をしているのだろうが。

――ディスペライとは、魔法の効果を打ち払う効果を持つ汎用魔法である。正式名称は『祓魔《ふつま》ディスペライ』。魔法の強弱により必要分の魔力が変わるため、ここまで使用を控えていたけれど、ここはもう迷宮内ではないので、魔力を温存する必要はない。向こうの世界に帰るための魔力が必要といえば必要だけど、そっちはちょっと休めばいいので度外視である。

手を握りしめたり開いたりを繰り返しながら、肩を回してウォーミングアップもどきをしていると、スクレールが首を横に振る。

「奴隷の首枷は、ディスペライで外せない」

「そうよクドーくん。厳しい話だけど、奴隷の首枷は一度つけたら二度と外せないのよ？」

「そんなの誰が決めたんですか？　要はそれだって、魔法がかかって外せなくなっているだけでしょ？」

「そうなの？」

「えー、なんですかアシュレイさん？　適当言ってたんですか？　うわー、ひくわー」

ちょっとオーバーな感じに肩を抱いて非難の視線を向けると、アシュレイさんは自分のせいじゃないと言い訳するかのようにバタバタと騒ぎ始める。

「だ、だって奴隷の首枷が二度と外せないのは常識なのよ!?　私だってずっとそう聞いてきたし、ギルドのマニュアルにだって……」

「でも僕はそんなこと聞きませんでしたよ？」

「それ誰情報なの？」

「言葉を返すようですが、アシュレイさんの方は？」

「冒険者《ダイバーズ》ギルドの、戦闘奴隷に対する基礎情報マニュアルだけど……」

「ふぅん」

と、適当そうに息を吐いて、それっぽいことを口にする。

「――魔法とは、魔法使いが因と果の間に綱を渡すことによって、尋常ならざる結果を生み出す行為である。つまりこの首枷にも、彼女を束縛する魔法がかけられている――束縛されているという事実があるため、因と果、原因と結果の間に渡された綱が確固として存在する。なら、それを断つことができれば、結果を断つことも可能である……ってね」

……とかなんとか、ちょっと大きいことを言ったが、これ全部師匠の受け売りである。

現代日本の高校生である僕がこの世界で魔法をちょっと他より上手く使えるのも、この世界に来たときに魔法を教えてくれた師匠のせいなのだ。……そう、「おかげ」ではなく「せい」なのが、まあ大冒険で大変なところなんだけど。

いままでの会話を黙って聞いていたスクレールが、不安そうな目で見つめてくる。

「……ほんとに、大丈夫なの？」

「まあまあ僕に任せなさい。そのためにここまでマジックポーションを温存してきたんだから」

そう言って、サファリバッグではなく、魔法の収納空間『虚空《こくう》ディメンジョンバッグ』から、ありったけのマジックポーションを取り出して、がぶ飲みする。もちろんマジックポーションとは普通のポーションと違って魔力を回復するだけのポーションだ。

がぶがぶがぶ。

「うっぷまず……あー、こんなにマジックポーション飲んだの初めてだよー、げぷー」

「ちょちょちょクドーくん！　それハイグレードマジックポーションじゃないの！　一瓶金貨五枚する！」

さすが金の亡者は高価なものに敏感だ。フラスコ四つ――お値段日本円価格二十万相当も一気に飲んだため、見過ごせなかったのだろう。お腹ポッコリたぷたぷだ。

空になったフラスコを『虚空ディメンジョンバッグ』にしまい、首枷に手のひらをかざしてディスペライをかける。

「～～～～～～～」

みょうちきりんな発音の呪文を唱えると、首枷は淡い光に包まれ、スクレールの首から分離。カラン、カランと床に転がった。

「外れた……」

「よかったー。二十万円無駄にしなくて。ほんと学生には目玉の飛び出る金額だもんねー」

おどけながら、ほっと一息つく。任せなさいと言った手前、外れなかったら超かっこ悪いし、それにハイグレードマジックポーションが無駄になる。それは金銭的にも精神的にも痛いことだ。お金は全部迷宮で稼いだものだから、僕的に仮想通貨的な扱いだし、そんなに未練はないのだけれど。

目を向ければ、スクレールは外れた首枷を呆然《ぼうぜん》とした様子で眺めている。

そんな中、アシュレイさんが、

「すごい……というかクドーくん。そんなすごいことできるんならもっと早く外してあげれば良かったんじゃない？」

「あのアシュレイさん？　無茶言わないでくださいよ。ボス級《クラス》倒して、回復魔法かけて、魔力超少ない状態だったんですから。その上ディスペライなんてどんだけ魔力消費するかどうかわからないような魔法かけたらどうです？　もしそれが原因で気でも失ったら迷宮で遭難決定ですよ。いまだってもう魔力だいぶ少ないんですからね？　ハイグレードマジックポーション四つも飲んだのにですよ？」

「えっと……ポーションの話はこの際置いとくとして……『四腕二足の牡山羊《フォースアームゴート》』を倒してきたの？　逃げてきたんじゃなくて？」

「あ……」

しまった。ついつい口が冷水山のラクーンラインの最大斜度を直滑降したくらいの勢いで滑ってしまった。

「ねえねえクドーくん、お姉さんそこのところ詳しく聞きたいんだけど」

「いえ、いまのはなんていうか、そーおだったらいいのになー的な……」

「クドーくん」

「……そうですー。そうじゃなかったら、彼女を連れて帰ってこれるわけないじゃないですか」

当たり前だ。異世界の常識的に考えてあんなの倒さずに逃げられるわけがない。自分より動きの良さそうなスクレールが逃げ出さなかった時点で、どうにもならないことは明白なのだ。

「……あのー、クドーくん？　レベルはおいくつになられたのかなー？　お姉さん気になるなー」

「33です。はいこれ証明書《スコアカード》」

証明書《スコアカード》。この世界に来たときに神様から渡された、レベルとモンスター撃破数が自動記載された薄っぺらい金属板を見せる。

すると、アシュレイさんが大きなため息を吐いた。

「ねぇ、もうそろそろランク上げようよ。レベル33の魔法使いでランク3万台なんておかしいのよ？　そこわかってる？」

「わかってますけど、めんどいんでいいです」

「相変わらず変わってるわ、クドーくん」

「それほどでも」

「褒めてないからね」

「そう返すのがお約束でしょう。むしろきちんとお約束をこなしたことを褒めるべきです」

アシュレイさんは僕の発言を聞いてまた大きなため息を吐いた。それはもう聞こえよがしに。その気持ちはわかるんだけど、ランクの順位を上げると面倒なことに巻き込まれるのは火を見るより明らかなのだ。勧誘ならまだしも、やっかみや嫌がらせ等々、そんなことあったら正直チキンの僕には堪えられない。僕はこの世界でまったりとした異世界冒険者ライフとレベリングの快感を楽しみたいだけなのだ。世のしがらみと世知辛さを味わいにきたわけではない。

「それでアシュレイさん。急で申し訳ないんですけど、彼女を冒険者《ダイバー》登録してあげてくれませんか？」

「あー、うん。確かにそれはしておいた方がいいわね。冒険者《ダイバー》として登録すれば、一応ギルドの管理下に入るから、おいそれと奴隷にはできないわよ？」

冒険者《ダイバー》になれば、その時点で冒険者《ダイバーズ》ギルドの管轄下となり――ギルドの人的資産となる。迷宮から貴重な素材やモンスター除けに使われる核石《かくせき》を持ち帰る人員だ。それを無視して勝手に奴隷にすれば、奴隷商人が冒険者《ダイバーズ》ギルドにケンカを売ることになるのだ。誰だって資産を横からかすめ取られれば、怒るのは当たり前。さすがにそんな無茶なことをする奴隷商人も、いはしないだろう。

冒険者《ダイバーズ》ギルドも、相応の金と権力というヤツを持っているのだ。

「それでこれ、登録に必要な担保金……の代わり」

「これは……」

「『四腕二足の牡山羊《フォースアームゴート》』の核石……」

ボスを倒して確保していた核石を、一時担保金としてアシュレイさんに渡す。冒険者《ダイバー》登録をするのにも相応の手間がかかるし、冷やかしや悪戯《いたずら》防止のため、一時的な担保金を供出する義務があるのだ。もちろん、今後本格的に冒険者《ダイバー》活動が開始されると、素材や核石の交換時にちゃーんと返って来る。

そしてモンスターの核石はモンスターの体内にある結晶で、特殊な魔力を持っているため相応の価値があり、売買の対象になる。特殊な加工をしなければいけないが、これの持つ特別な効果は主にモンスターを寄せ付けない『モンスター除け』であり、大きければ大きいほどその効果は高い。

加工しないと迷宮内では効果を発揮しないから、出るまで大荷物になるんだけどね。

「じゃあ僕これから試験勉強しなくちゃだから、あとお願いしますね」

そう言って踵《きびす》を返し、早々に退散することにする。憂鬱《ゆううつ》の鬱鬱《うつうつ》だけど、勉学は学生の義務であり本分であるため、帰って頑張らなければならないのだ。

あとのことは全部アシュレイさんに丸投げして、そそくさといなくなろうとすると、袖がくいっと引かれた。

見返れば、うつむいたスクレールが袖をぎゅっと握りしめていた。

「……どうしてここまで？　奴隷一人に、こんなバカみたいにお金使って」

「ちょうど懐具合に余裕があったからね。お金に困ってたらこんなことしてなかったかも」

「でも」

「……僕は迷宮に来るのが楽しみなんだ。そんなところで後味悪いことは極力ごめんなの。ほとんど自分のためだから気にしないで」

この世界で手に入れたお金は全部あぶく銭って割り切っているし。

それでも何か言いたげだったので「じゃあ少しずつでいいから、冒険者として稼いで返して」と言うと、スクレールはようやく袖を放してくれた。

ギルドの出口で何気なく振り返ると、彼女が深々と頭を下げているのが見えた。

第2階層　冒険者ギルドでポテチを食べる。あと勧誘

――冒険者《ダイバー》。それは異世界ド・メルタのだいたいほぼほぼ中心くらいに存在するダンジョン、『ガンダキア迷宮』の内部の調査および迷宮素材の収集、モンスターの討伐をする、探索者たちの総称である。

潜水士《ダイバー》と名前が当てられているのは、地下へと続く穴へ続々と降りていく探索者たちの姿が、水の中へ潜行《ダイブ》する潜水士のように見えたかららしい。

いまはその穴も整備されていて階段になっているため、当時の名残《なごり》を垣間見ることはできない。だけど、当時からその呼称は気に入られていたためか、今日まで迷宮内を探索する冒険者のことを、ダイバーと呼んでいるのである。翻訳どうなってんのかは僕も知りたい。うん。興奮とかフューチャーとか線とかご利用するよりも正確だろうけど、適当感は否めない。

まさか当時の人間も、迷宮の出入り口が整備されて、冒険者《ダイバー》をサポートする建物が造られるとは思うまい。モンスターたちが際限なく溢《あふ》れ出てくる魔の穴だったはずの場所も、

いまは冒険者《ダイバー》たちの憩いの場だ。冒険者《ダイバー》たちが潜行《ダイブ》の成果を報告するずらりと並んだ窓口はもちろんのこと、無駄にだだっ広い空間に二百席以上のテーブル席が設置され、迷宮から帰還して腹をしこたま空かせた冒険者《ダイバー》たちに食事を提供する食堂、出入り口横の通路の奥には汚れて帰ってきた冒険者《ダイバー》の衣服を清める簡易の洗い場兼浴場施設もある。

まさに至れり尽くせりだろう。当然そこに文明レベルというものがどうしてもかかわってくるから、現代日本の設備とは比べようもないのだけれど――

テーブル席について冒険者《ダイバー》たちのことをぼけーっと眺めながら、日本から持ってきた堅く揚げたタイプのポテチを食べる作業に没頭していると、異世界に来てから知り合った友人が隣の椅子にどっかりと腰を掛けた。

ふんわりとした金髪と、人好きしそうなタレ目を持ったナイスガイ。腰には主武装《メインウエポン》である剣と数本のナイフ、右肩にだけ特徴的な肩当てを装着した同年代の少年。

彼の名前は、ミゲル・ハイデ・ユンカース。ここガンダキア迷宮を拠点にする冒険者《ダイバー》である。

「よー、クドー。景気はどうだ？　儲《もう》かってるか？」

「まあまあだよ……っていうか酒臭っ！　ミゲルってばまたお酒飲んでるの!?　昼間っから!?」

「おうよ。昼間っから酒が飲めるのは、男の浪漫ってヤツだな。うん」

そんな正月のサラリーマンみたいなことを言って気分良さげに笑い出す、飲んだくれの若者。言動からもうすでにほろ酔い加減らしいことがわかる。昼間っから、しかも迷宮に潜る前から飲んだくれているダメ人間一号だ。

「お前も飲むか？」

そう言って、未成年に酒を勧める未成年。まあ、異世界ド・メルタではお酒の年齢制限なんてないし、飲料水の方がお値段割高なので、飲み物はだいたい酒になってしまうのだけど。

飲ませるつもりで持ってきてたんだろうね、フリーダでは一般的な色のうっすいビールが入ったジョッキを目の前に置かれた。

「遠慮しておきます」

「相変わらず酒は嫌いなのか。じゃあその変わったつまみもらっちまうぜー」

「いいけど、それ結構固くて危険だから、気を付けてね」

「危険？」

「そう、注意してね」

食べていたポテチ『堅く揚げていたポテト濃い塩味』を遠慮なく奪うミゲルに対し、注意事項だけ言っておく。バリバリの食感を楽しむタイプのポテチ。油断すると口の中が血だらけに……という話もないわけではない日本が誇る食品兵器の一つだ。歯と歯茎の間や口内炎にオートでダイレクトに攻撃してくるので、ひどい目にあった人間もいるだろう。

「注意しろってどういうことだよ？」と訊いてくるミゲルに、「下手すると刺さるの」と返すと、バキッと割って「ほーん……」と納得したような声を上げた。

やがて、バリ、バリ、バリ、といい音が響く。

「うめぇ」

「だよねー」

「塩もたっぷり使ってるし、歯ごたえもたまらないな……いいつまみだなこれ。お前酒と合わせないのが勿体《もったい》ないぜ……」

「気に入ったんなら全部あげるよ」

「お！　マジ？　悪ぃな、いただくわ」

ミゲルはにこにこしながら、色のうっすいビールとポテチとを一緒に食べ始める。

バリバリ。

「ほんと塩加減が絶妙だなー。お前の持ってくるもんはいつもうまいからな。でもいいのか？　ほんとに全部もらっちまっても」

バリバリ。

「僕は新しいのあるし」

そう言って、床に置いたサファリバッグから『堅く揚げていたポテトブラックペッパー味』を取り出す。

ビリビリ、そしてバリバリ。

「そっちもくれよ」

バリバリ。

「いいよー」

バリバリ。

「おいこりゃあ胡椒《こしょう》だろ？　もしかしてこれ味付けするためだけに使ってるのかよ？」

バリバリ。

「そうだよー。こっちじゃ滅多にそういう風に使えないんだっけ？」

バリバリ。

「当たり前だ。ぜーたくな使い方してるなー」

バリバリ。

異世界ド・メルタの食品保存技術や熟成技術は現代日本に比べだいぶ未熟である。そのため、塩や香辛料はそのままで食品の保存や有事の備蓄に優先されるのが一般的だ。もちろん庶民の間にも出回るけど、やっぱり食品の保存や臭い消しに使われるため、お菓子に使うのは物珍しいのだろう。現代日本でもポテチが真っ当に出回り始めたのは1970年代らしいし、ブラックペッパー味が生まれたのがそれ以降なのだから、当然と言っちゃあ当然か。食生活が豊かになってやっと食の嗜好《しこう》が生まれるということを考えれば、ド・メルタでポテチが生まれるのはあと数百年はかかるかもしれない。

バリバリバリバリバリ音をまき散らしながら、カ◯ビー、コイ◯ヤ等、お菓子メーカーに感謝していると、

「……で、話は戻るんだけどよ、まあまあってことは、いまもそこらでちまちま稼いでるのか？」

ミゲルの言う『そこら』とは、低階層のことだろう。

「そんなところだよ（大嘘《おおうそ》）」

「お前さ、もっと大きく稼ぎたいと思わないのか？」

「僕危ないこととか嫌なんだっていつも言ってるでしょ？　降りてすぐの【大森林遺跡《だいしんりんいせき》】で草むしりしてるだけでも結構いいお金になるしさ。僕は基本的に身の丈に合ったことしてるだけで満足なんだよ」

「……お前いい加減薬草《テア》取りのこと草むしりって言うのやめねぇか？」

「でも草むしってるようなもんでしょあれ。庭仕事で草むしりするときも根っこから取るし」

「お前ってさー、結構変わった感性してるよなー」

バリバリ。

「それはそうと、なんで急に稼ぎの話なんかしたのさ？」

「なに、ただの会話の突端だって」

と言って、気にするなと言わんばかりに手をひらひらさせるミゲルくん。急にそんな話をしたり、話の路線を無理やり修正したり、これは絶対何かあってのことだろう。

まあそれはおいといて、

「僕はいいとして、ミゲルの方はどうなのさ？　稼いでるの？　ま、ミゲルのランクだとすんごい稼いでるんだろうけどさ」

「当然だ。なんと昨日付けでチームの冒険者《ダイバー》ランクが258位になったんだぜ？」

ミゲルはにやつきながら「いいだろー」と言って憚《はばか》らない。

冒険者《ダイバー》ランクとは、冒険者《ダイバー》のレベルや冒険者《ダイバーズ》ギルドへの貢献度に応じて、ギルドが冒険者《ダイバー》を順位付けしたものだ。冒険者《ダイバー》の登録数が五万近くある中で258位というのは、当たり前だけど超超高位ランカーである。

　昼間から飲んだくれ、赤ら顔で酒をあおって『プハー』とか言っている軽薄そうな若者がトップダイバーというのは、実に何とも言えないことだけど。

「へー、またランク上がったんだー」

「おうよ！」

「最近すごく頑張ってるみたいだけどさ、急にどうしたのさ？」

「いやなー、最近できる新顔が増えてきてな。うかうかしてられないんだよ」

「そんなランク高いんだったら気にするようなことでもないと思うんだけど」

「お前はまったり活動してるからそう思うんだろうけどな、上位はガチで一分一秒を争う競争なんだぜ？　そう言って油断してると、すぐ追い抜かれる」

「そんなに？」

「ああ」

「へー、大変なんだねー。ちなみに最近はどんな人たちがすごいの？」

「まず、チーム『秘水《ひすい》の加護』……青の魔法使いを二人も連れてるチームだな」

「あー。見たことある。青いローブを着た双子さんのいるところだ」

「あとは、ソロで最近めきめきランクを上げてる耳長族の子とかな」

「あー、そうね、そうねー」

ミゲルの言った耳長族の子とはスクレールのことだろう。耳長族はめったに人間の街には下りてこないらしいので、まず彼女しかいないと思われる。

ともあれ、奴隷の枷から彼女を解き放ったあと、二度と奴隷堕ちしないようにするのと、ここ自由都市フリーダで生活できるようにするために、冒険者《ダイバーズ》ギルドに登録したのは記憶に新しい。

彼女とはよく顔を合わせるため、会うたびに気に入ったらしいコーンスープや塩パンなどをせがまれているのだけれど。

「ちなクドー、お前いま冒険者《ダイバー》ランクどれくらいだ？」

「僕？　……ええと、32083位だね。さんまんにせんはちじゅうさんいー」

「ひっく！　ランクひっくいなお前っ！」

「そりゃ当然でしょ？　だって僕まだ駆け出しの冒険者《ダイバー》だよ？　フリーダに来て半年の。それでも高いくらいでしょ？」

「いやいやいや、普通なら受付の心証だけでもっと行くだろ？　お前これまでろくな怪我《けが》もしてねぇじゃねえかよ？　レベル登録の申請はちゃんとしてるのか？」

「あ、あれめんどいからしてない。パスパス」

「興味なさすぎだろお前……」

ミゲルは呆《あき》れが行き過ぎて肩から力が抜けたらしい。そんな彼に、

「正直ここは他にも楽しいことといっぱいあるから、ランクアップなんてそんなに躍起になってやるようなものでもないじゃん？　おいしい迷宮料理とか、レベルアップとかレベリングとか、アイテムやりくりして進む縛りプレイとか。そりゃランク上げないと潜行制限あるとかだったらその限りじゃないけどさ」

「そんなことねぇよ……ランク上げておくといろいろな特典を受けられるんだぜ？　知らないのかよ？」

「それくらいは知ってるよ？　でもその代わり面倒で危険な迷宮任務とか受けないといけなくなるんでしょ？　ランカーのノルマだなんだーって。やだやだ息抜きしにきてるのに命なんかかけたくなーい」

両手をテーブルに投げ出して、だらけたアピールをすると、

「お前なんでそんなネガティブなことばっかりに敏感なんだよ……」

ミゲルはでっかいため息を吐く。そして、口の中のポテチを色のうっすいビールで一気に流し込み、なんかいつになく真面目な顔になった。

「……なあ、クドー。お前、俺たちのチームに入らねぇか？」

「また急だね」

「急も何も勧誘はときどきしてるだろうが」

「そうだけどさー」

　確かに、ミゲルとは仲良くなってから数回勧誘を受けている。どうして自分みたいな臆病レベルマックスな人間を誘いたがるのかはよくわからないのだけど――今回はどうもいつもとは違ってマジが入ってるように見えた。

「――お前、変な恰好してるけど魔法使いなんだろ?」

「変な恰好は余計。それに僕が魔法使いなわけないでしょ?」

「しらばっくれるんじゃねぇよ。もうお前が魔法使いだってのは割れてるんだぜ?」

　ミゲルは、嘘は通用しないというように、囁《ささや》きかけてくる。ほぼほぼ誰にも言わないで隠していたのに、一体どこから漏れたのだろうか。経由地候補は先輩、師匠、シーカー先生が挙がるかな。うーん、どれも考えにくい。

「……ちな誰から聞いたのさ?」

「アシュレイちゃんだよ。いや、いつも気になってたんだよ。ろくな武器も持ってないお前が毎度毎度無事に迷宮から戻ってきて、毎度毎度ちゃんと素材を回収してくることがな。こいつはきっと何かあると思って拝み倒したのさ」

「それギルドの規約に引っかかるんじゃない？」

「バレなきゃいいのさ。バレなきゃな」

「あーここにー、規約違反を肯定する不良冒険者《オレンジダイバー》が――」

と、ミゲルの悪事を世間に明らかにするために、さらに大きな声を出そうとしたとき。

「いいのかー、そんなこと言えば俺はともかくアシュレイちゃんにも迷惑が掛かるんじゃないのかー」

「……ミゲル超ゲスいよそれ」

そう言って彼の所業を非難するけど、ミゲルは口笛を吹いて知らんぷり。まったくいい性格をしてる男である。

「なるほどモウカッテマスカー的な話に固執していたのは、この話をするためだったんだ」

「そういうことだ」

要は、流れに乗せられてしまったということだ。さすがはミゲルである。決して僕がちょろかったわけじゃない。

「なあクドー。俺たちのチームは慢性的に魔法使いが不足しているんだ」

「ミゲルたちだけじゃなくて、みんなでしょそれ？」

「そうなんだがよ。それをわかっていながら、ソロで活動している魔法使いのお前はなんなんだ？」

「だって、みんなこぞって危険なところに行きたがるしー、僕はやだよ。ここでの活動は僕にとってファンタジーな冒険者気分を味わうだけの息抜きなの」

「もったいない才能の使い方だよなほんと……で？　お前はなんの魔法が使えるんだ？　火か？　水か？　俺としては風であって欲しいんだが……」

「……なんか入ること前提になってない？」

バリバリ。

「当たり前だろー？　お前は俺のチームに入るの決定してんの」

バリバリ。

「で？」

「雷だよ」

「かみなり？　なんだそりゃ？」

「雷は雷だよ……もしかして知らない？　ミゲルは嵐の日に空から落ちる光の筋とか見たことないの？」

「……っ!?　あ、『アメイシスの鉄槌』のことか!?」

「こっちではそう言うの？　そういえばこっちの世界で雷見たことないよねぇ」

　この世界で雷が落ちるのは、珍しいことなのかもしれない。現代世界ならば雷なんて結構あるし、そうでなくても動画やテレビで見られるためそうそう珍しいものでもないのだが。要は概念とか言葉とかが普遍的に広まっていないのだろう。

「アメイシスの鉄槌ね」

「ああ、じい様に聞いたことがある。世界の端っこに行くと見られるってな。紫父神《しふしん》アメイシスの怒り……あれのせいで一国が滅びたって話もあるんだぞ……」

「僕のはそこまでトンデモなものじゃないよ。せいぜいビリビリするくらいだって」

　まあ、それは嘘なんだけど。

「マジか？　マジでその……雷だったか？　使えるのか？　ホラじゃなくて？」

「マジマジ、ちょうマジ」

　そう言って、バチリ、と指と指の間に紫電を発生させ、手元のポテチを一枚砕く。さすがにそこまですれば、信じる気になったか。

「つまり、お前は紫の魔法使いってことか……」

「そうなるんだろうね」

「そうなるんだろうね、じゃねぇよ。世界で初めて確認された紫の魔法使いなんだぞ？」

「世界初ってまっさかー、探せばきっとどこかにいるでしょ？」

　この異世界ド・メルタの魔法は、どの魔法使いでも使うことのできる汎用魔法以外に、それぞれ生まれ持った加護によって、火、水、土、風のどれかの属性の魔法を使うことができる。そしてその四属性は赤、青、黄色、緑と色分けされていて、魔法使いを色分けしているのだ。

「クドー、俺のチームに入れよー」

「えー、でもなー」

「お前が入ると言うまで俺は酒を飲むのを止めない」

「それ超意味不なんですけど」

　そう言ってがぶがぶ酒を飲む酔っ払いのミゲルくん。飲んだあとも「入れよー、入れよー」と繰り返し言ってくる。絡み酒なのか粘り強い。いや、今回はそのための酒か。

「……ミゲル、どうしても引き下がらないの？」

「当たり前だ。もともとはお前の生還率の高さを見込んで誘ってたが、そんなヤベェ魔法の使い手って知れた以上他のチームには絶対やれねぇ。是が非でもうちのチームに入ってもらう」

「とはいうけどさ……」

どうするべきか、迷う話ではあった。もちろんお誘いはこちらとしても、悪くはない話ではある。むしろ友達からここまで誘ってくれるのはとても嬉《うれ》しい。だけど、危険なところへ行く可能性があるのだ。こっちは【暗闇回廊《くらやみかいろう》】のボス部屋手前で『吸血蝙蝠《ブラッディバット》』を狩るだけで十分楽しいいし、レベルも上げられる。レベルアップの快感に毒されただけの中毒者《ジャンキー》にはそれだけで十分だし、他にもやらなければならないこともあるので、やっぱりいまはちょっと難しい。

「なあなあー」

「って言われてもねー」

軽い調子で、しかし粘り強く交渉してくるミゲルに、さあてどう引き下がってもらおうかなーと考える。と、ふいにこんなときのために用意してきたものがあることを思い出した。

「……ミゲルってお酒すごく好きだよね？」

「そりゃあ見ればわかんだろ？　俺から酒を取ったら女好きしか残らないぜ？」

「げへへ、そんな旦那にぴったりのとっておきのブツがあるんですよー」

「お前がゲス笑いと揉《も》み手とか似合わねぇわ。大根」

「よけいなおせわですー。っていうか大根ってあるんだねここ……」

そう言って、虚空から魔法で酒瓶を取り出し、ごん、とテーブルの上に置く。

「便利だよな『虚空《こくう》ディメンジョンバッグ』」

「まあねー。これが使えるだけで僕億万長者になれる気がするよ」

「で、これは……なんだ？　こんなのフリーダじゃ見たことねぇぞ？」

「これは異世界の酒の神サン○リーが造ったと言われる幻の銘酒オー○ド。いや、伝説かな？　今日はこれで手を引いて欲しいな」

赤い蓋と丸みを帯びた黒い胴体の酒瓶。それを珍しそうに撫《な》でるミゲルは、

「へぇ？　このフリーダの酒をすべて飲みつくしたミゲル様に幻の銘酒と言い切るとはな。俺の眼鏡にかなわなかったら、わかってるよな？」

チームに入れということだろう。にやりと自信満々に笑うミゲルに、

「あ、いややっぱり自信ないっていうか……」

このお酒は、父さんの酒をちょろまかしてきたものなのだ。当然だけど、僕は飲んだことがない。味なんてわからないし、絶対にうまいという保証なんてもちろんできないため、現代日本の品スゲー的な自信がみるみるしぼんでいく。やっぱりザ・マッカ○ンの方にすればよかったのだろうか。

切るカードを間違えたかとミゲルの不敵な笑顔に慄《おのの》いていると、彼はコップを取り出し

てウイスキーを注いだ。

「そこまで言っておいていまさら自信ねぇとか言うなよ……じゃあここでいただくぜ？」

「う、ウイスキーは度数きついって話だから気を付けてね……」

「何言ってやがる、俺はフリーダ最大の酒精《しゅせい》を誇る『火紋鷹《フレイホーク》』を一晩で一本飲み切った男だぜ？」

それは、すごいことなのだろうか。よくわからないけど、ミゲルはウイスキーの入ったコップを持ち上げ、

「……いい香りだな。強い酒のツンと来る刺激が感じられる」

匂いを嗅《か》いでなんか急に批評家になり始めたミゲルさん。彼は一通り香りを楽しんだあとコップを口に付け――

「ご、ふ……こ、こいつはっ！」

一瞬むせたのかと思ったけど、そうではなかったらしい。飲み口に衝撃を受けたのか、目を見開いてグラスを回し始める。

「なんだこの飲み口は、ねっとりとしていて甘い……そして最後にぐっとくる酒精の強さがある。だが、こんな酒飲んだことねぇ……」

よほど衝撃的だったのか、半ば放心状態でウイスキーを見つめている。この世界にもい

ろいろとお酒はあるようだけど、この手のお酒はなかったのかもしれない。

するとミゲルは何かに気付いたように突然動き出し、勧誘してきたとき以上に身を乗り出して――彼にガシッと肩を掴まれた。

「お、おいクドー！　お前これどこで手に入れた!?」

「え？　いや、父さんのちょろまかしてきたっていうか……」

「お前の父親って何者だ？　ものすげぇ金持ちなんじゃねぇか？」

「いや、全然普通のサラリーマンですけど……」

「さらりいまん、だと？　聞いたことねぇ職業だな……」

当たり前だ。そんな職業がこの異世界にあったならば、再びの夢の崩壊は免れない。ファンタジー世界で会社の奴隷とか社畜とかのワードが飛び出すなんてことになったら、世知辛すぎて涙が出る。

「これ、まだ持ってるか!?」

「手持ちはこれだけだよ」

「じゃあ手に入れられるか!?　もし手に入れられるんなら買う！　どうだ!?」

「それは……まあできなくはないだろうけど」

まあできなくはない。父親の持ち物をちょろまかしたものだけど、近所の酒屋に行けばおそらくは売っているだろう。もちろん未成年では購入できないけど、その辺りは魔法を使えばワンチャンある。もちろん魔法をかけて購入するのだ。ちょろまかすわけではない。万引き絶対ダメ。店の人は未成年者と知らないからたぶん未成年者飲酒禁止法の第1条3項、同第3条1項には引っかからないはずだ。

しかし、ミゲルはこちらが言い淀《よど》んだことで勘違いしてしまったらしく「そうだよな、難しいよな……」と言って引き下がった。……うん、また機会があったら持ってこようかな。

「しっかしうめぇなこれ」

「気に入った？」

「そりゃあもう。しかもこれだけってことは……レヴェリーには言えねぇな……」

レヴェリーさんというのは、酒飲み仲間の名前だろうか。どうやらミゲルはウイスキーを独り占めする気らしい。この男、お酒に関してはいじきたない。女の子関係もだけど。

「だがこのつまみには合わねぇな」

「だろうね。ポテチはビールとかがいいんだろうねー。あ、あとそれ、ロックで飲むといいらしいよ？」

「ロック？」

「あー、なんか大きめの氷を入れて溶かしながら飲むんだって」

「そんなことしたら酒が薄くなるだろうが」

「なんか溶かしながら飲むとまた違った味わいになるらしいよ？」

「らしいって、飲んだことねぇのかよ？」

「僕未成年だし」

「ミセイネン？」

「……いまのは聞かなかったことにしといて。まあ生まれた土地の風習で、お酒はまだ飲めない年齢ってことで一つよろしく」

「ふん。俺にはよくわかんねぇが……おーい！　誰か氷作れる魔法使いはいねぇかー!?」

ミゲルがそう叫ぶと、近くにいた青の魔法使い（女性）が、笑顔で氷を作ってくれる。そしてそのまま和やかに会話をしたり、自分の口をつけた酒を少し飲ませてみたりと昼間っからやりたい放題。周囲の男どもから殺気をガンガンに浴びせられているミゲルくん。おっぱいとかめちゃくちゃ触ってるもん。うらやましい死ね。爆発しろ。地獄の業火に抱かれて消えろ。

これ以上うらやましい光景を見ていたくなくて、別の方向を見ていると、ふと知っている人の姿が目に入った。

いま冒険者《ダイバーズ》ギルドに入ってきたらしいそのシルエットは、他の大人が子供のように見えてしまうほど巨大で、筋骨隆々な体躯《たいく》。それだけならまだよくいる冒険者《ダイバー》の一人だけど、そこにライオンの頭が乗っているというならば話は別だ。

異世界ド・メルタに存在する『獣頭族』と呼ばれる亜人種族であり、僕がこの世界に来たばかりのころ、お世話になった大々々先輩冒険者《ダイバー》である。

「――あ、ライオン丸先輩だ」

その大々々先輩冒険者《ダイバー》ことドラケリオン・ヒューラーさんのことを、僕はそう呼んでいる。だって見てくれが完全にそうなのだ。違うのは体毛の色だけで、人の身体にライオン頭が乗っていれば、誰だってなんとなくそう思うはずである。快傑してそうな感じ半端ない。

ライオン丸先輩がいることに気付いて手を振ると、先輩も豪快な笑みを浮かべて軽く手を突きあげ、応えてくれる。

のっしのっしと近づいてくる先輩に、ミゲルが声をかけた。

「うっス、ドラケリオンのアニキ。これから潜りっスか?」

「おう。がははははは！」

なんだか愉快そうに豪快な笑い声を響かせるライオン丸先輩。その笑い声でさえすでに破壊力を持っているとか相変わらず超ヤバい。音波がコップや窓ガラスをビリビリと揺らしている。さすが超高レベル。

先輩は、ミゲルとも知り合いだ。というかだいたいの人間はライオン丸先輩のことを知っている。彼は現在フリーダのガンダキア迷宮の一番深くまで潜ることのできる人間なのだ。フリーダ一の勇者として有名で、その実力もピカ一である。

挨拶の一幕なのか、ミゲルがライオン丸先輩にウイスキーを勧め、そのうまさにライオン丸先輩も満足そうにしている。どうやらこの世界の人間にもおおむね好評らしい。

そんなやり取りが終わると、ふいにライオン丸先輩がこちらを向く。そして、その大きな手のひらで肩をガシッと掴まれ、鼻先まで顔を近付けて――

「ひぃっ!?」

ライオン顔が目の前まで迫ったせいで、ついつい上擦った情けない声が出てしまう。先輩はとてもいい人で、性格もしっかりしているんだけど、顔はやっぱりライオンさんなのだ。間近まで迫ればそりゃあ恐ろしいことこの上ない。

そしてもっと恐ろしいことに、大きな口がゆっくりと開かれた。

びっしりと生え揃《そろ》った牙が僕に近づき、迫ってくる。

「クドー」

「はははははははい！　先輩先輩食べないでください！　お願いします！」

「誰が食うか。俺が言いたいのはな」

「は、はい」

ついつい食べられそうな気分になって一人勝手に慄いていると、ライオン丸先輩は二カッと豪快で気風《きっぷ》が良い笑顔を見せ、

「最近人助けをしたそうじゃないか。人助けはいいことだぞ、うん」

人助け――おそらくはスクレールを助けたことを言っているのだろう。

「あ……いやあれはその、経験値《スコア》が欲しくてですね」

「照れるな。迷宮から助け出したあともちゃんと面倒見て、冒険者《ダイバー》として活動できるようにしてやったそうじゃないか。アシュレイが言ってたぞ？」

先輩から、バンバンと背中を叩《たた》かれる。痛い。高レベルの冒険者《ダイバー》、しかも体格の良さとごつい筋肉のおまけ付きなのだ。痛くないはずがない、もみじができる。あとアシュレイさんはいい加減なんでもかんでもしゃべり過ぎである。

「まあ、良いことをしろっていうのは、よく言われますし」

「そうだな。俺と初めて会ったときのことをちゃんと覚えていたか。嬉しいぞ」

また「がはははは！」と大声で笑いだす先輩。褒めてもらえるのは嬉しいけど、その破

壊力抜群の笑い声を耳元で響かせるのは勘弁していただきたい。鼓膜が超絶ピンチである。

「悪いことをするな、良いことをしろ」というのは、先輩にも言われたけど、他の人にもそう言われている。この世界に来る直前に会った神様しかり、ヒーローの幼馴染《おさななじ》みしかりである。特にお世話になったライオン丸先輩に言われると、やらなきゃいけない気分になる。

やがて伝えることを伝え終わったのか、ライオン丸先輩はのっしのっしと受付の方へ去っていった。

すると、ミゲルが意外そうな顔を向けてくる。

「はー。相変わらずだなアニキは。しっかしお前、随分とお節介焼いたんだろ?」

「いや、そこまででは」

「いやドラケリオンのアニキがあんなに褒めるなんて、珍しいことだからな?」

「まあ……」

そうだろう。スクレールを助けるために、手持ちのマジックポーションは消費したし、レアなボス核石《かくせき》も譲ってしまった。この世界で金貨二十枚は一家族が二、三ヶ月楽に生活できるくらいのお金なのだ。そこまでやって人を助ければ、褒められるようなことなのかもしれない。

そんな話をしているうちに、ポテチの方がなくなった。お休みの時間は終わりである。

「よいしょっと……じゃあ僕はそろそろ行くよ」

ちょっとジジ臭い掛け声を口にして、床に置いたサファリバッグを背負い、サファリハットをかぶる。

「なんだ、お前もこれから潜るのかよ？」

「うん。そろそろお金がいい具合に溜《た》まりそうだから、ちょっと頑張ろうかなって」

「なにか買うのか？」

「買うっていうか……ほら、あれ。『白角牛《ホワイトホーン》』のステーキが食べたくてね」

「あー、あれかー」

ミゲルも聞き覚えがあるらしい。というかあるだろう。『白角牛《ホワイトホーン》』のステーキとは、ここ冒険者《ダイバーズ》ギルドの最上階にある最高級レストランでしか出していない、超有名ステーキのことだ。迷宮の最高級食材の一つである『白角牛《ホワイトホーン》』の肉を冒険者《ダイバー》から仕入れて最高の環境で調理、提供しているためまさしく絶品。その分お値段も目玉が飛び出るくらいにバカ高いのだけど、一度食べてからあの味が忘れられない。

一応、高級な和牛も食べたことはあるけど、『白角牛《ホワイトホーン》』の肉はあれとはまた別のおいしさがあった。和牛が脂のうまさで至高と言うのなら、牛は赤身のうまさの至高だろう。とんでもなーくアメリカンなステーキと言えばいいかもしれない。あか牛とか短角牛とかそんなんを思い出す。

「じゅる……僕はあれをもう一度食べるんだ。次はめちゃくちゃジャンキーな食べ方でね」

「なんかいつになく野望に燃えてるなお前。まあ欲があることはいいことだな。うん」

ミゲルはそう言って、ウイスキーのロックをあおる。どうやら、明確な変化があったらしく、少々驚いたような顔を見せ。

「お、なんだこりゃあ。味わいが変わったぞ？　氷が溶けて飲みやすくなった……いや薄まったが悪くない。むしろ新しい……」

「お酒の感想どうも。それで、今回は見逃してくれる？」

「……他のチームに入らないのが条件だ」

「大丈夫だよ。僕が誰かのチームに入ったときは、無理やりかそうせざるを得なくなったときだろうから」

「よし。今回はあきらめる。だがお前は絶対俺のチームに入れるからな」

「はいはい」

魔法使いにご執心な冒険者《ダイバー》友達は、上機嫌でウイスキーをあおっていた。

第3階層　ステーキには黒胡椒とおろしにんにくと醤油

　この日冒険者《ダイバーズ》ギルドで会ったのは、最近ガンダキア迷宮で目覚ましい活躍が噂《うわさ》される耳長族の少女、スクレールだった。

　奴隷として会ったときは粗末な服を着せられて、破けてムフフなひどい状態だったけど、いまは身なりもちゃんと整えている。ボディコンシャスな薄手の青い民族衣装に、和服のような幅広の帯を巻いた出で立ちだ。両腕にはごつい腕当てが嵌《は》められていて、殴打されたら痛そうなことこの上ない。というか死ぬ。相手は死ぬだ。

　銀色の美しい髪は綺麗《きれい》に手入れされていて、やはりリスの尻尾のように先の方がくるんと丸くなっている。ぷにぷにした柔らかそうなほっぺに、可愛《かわい》らしい小さな唇。種族特有の長い耳はピコンピコンと動き、目はいつも眠そうな具合に開かれているが、瞳の中には強い力が宿っている。

「アキラ」

「スクレール。こないだぶり」

「うん。アキラも元気？」

「僕はいつも通りかな。特に困ったこともないよ」

「よかった」

「で、どう？　フリーダでの生活は？」

「普通。食べて、学んで、寝る。里での生活から、育てるがなくなって、探して倒して狩って稼ぐが増えただけ」

「へぇ、ここに来る前も似たような生活してたんだ」

「うん」

スクレールはこくんと頷《うなず》く。耳長族は人間から離れて生活しているため、自給自足のような生活スタイルになるのだろう。要は畑を耕す、獣を狩る、食料を探す、畜産等々があったのが、全部迷宮探索に置き換わったということだ。

「里に帰らなくても良かったの？　別に登録したからって無理にここで生活する必要はないんだし」

「いい。ここにいる理由もあるから」

「理由？」

「……なんでもない」

スクレールはそう言って、また先ほどのようにプイと顔を背けた。なぜ理由を聞いたら顔を背けられたのかはよくわからないが、どうも彼女は素直じゃないタイプらしく、会うたびいつもこんな感じなのだ。別に嫌われているわけじゃないと思う。たぶんだけど。

まあ僕のことはいいとしてだ。

「誰か仲のいい人とかはできた？」

「別に。そういうのは、いらないから」

「でもほら、相談できる人がいればなんだかんだよくない？」

彼女の今後の生活を考え、フリーダで友人知人を作ることを勧めるけど、

「大丈夫。人間は基本信じないから」

「……それはそれでなんかなぁ」

そこまで人間不信なのか。まあ、耳長族は人間のことをかなり嫌っているという。無論その根っこは奴隷関係の話になるわけだけど、やっぱりスクレールもそうなのだろう。というか一度奴隷にさせられたのだ、そりゃあ人間嫌いになっても仕方ないか。

「フリーダではギルドの職員の話をよく聞いてれば問題ない。……というか、フリーダで会うのは大抵冒険者《ダイバー》ばかりだから」

「あー、そっか。そうだよね。どっちかっていうと会う人間のほとんどが胡散臭《うさんくさ》いのか」

「そう。一番厄介なのは勧誘」

「だよね。僕もしつこく勧誘受けてる魔法使いを見たことあるけど、あれはごめんだなぁ」

「……アキラはないの？」

「僕がフリーダに来るときは基本このカッコだからね」

「それで変な恰好をしてるの？」

「いや別に変な恰好と思って着てるわけじゃないんだけど……」

確かに、魔法使いであることを誤魔化すための服装というのは正しい。魔法使いはみんな右ならえしてローブをまとっているため、この恰好をしていれば誰も僕を魔法使いとは思わないのだ。

だけど、この世界の人たちにはサファリルックはそれほど奇異に映るのだろうか。確かに地球の服だからそう見えるのかもしれないけれど、珍しい服を着ている人間はもとより珍しい見た目の人間はこの世界にもいっぱいいるのだ。自分だけ変な目で見られたくはない。不公平だ。

「ねえスクレール」

「スクレ」

「……？」

「そう呼んで。そっちの方がいいから」

「ああ、うんわかった」

略称というか、愛称か。そういう風に呼んでいいということは多少なり気を許してくれたということなのだろう。再びスクレと呼ぶと、彼女は何かに納得しているかのようにうん、うんと頷く。

「それで、スクレ。今日は迷宮に行くの？」

「さっき潜り終わって帰って来たところ。ここでダラダラ休んでた。アキラは？」

「僕はこれからステーキだよ」

「ステーキ？　食べるの？」

「そうそう。久々のごちそうターイム」

「ふぅん。私も一緒にいってあげてもいい」

……なんなのだろうか、この不思議な言い回しは。ま、それはともあれ、

「あそこ、結構高いよ」

これから向かうのは最上階にある高級レストランだ。ちゃんとお金を溜《た》めないと行ってはいけないレベルの店であり、思い付きで行くと懐がひどい目に遭うこと請け合いの場所

だ。「行こうぜー」「いいよー」の遊びに行く感覚的なノリで行ってはいけない場所である。

「アキラ、奢《おご》って」

「え？　いや……さすがに二人分はちょっときついっていうか……」

男気が試される話だが、正直二人分の支払いはきつい。そうでなくても、この前大出費したばかりなのだ。二人分出せば今後の迷宮探索に支障が出るレベルになる。

すると、

「うそ。冗談。ちゃんと自分で出す」

「……大丈夫なの？」

「これだけあれば十分」

スクレールはそう言って、腰に下げた袋を見せてくる。中身を見てみろというような素振りをされたため、袋の中身を覗《のぞ》いてみると、金貨や銀貨が沢山入っていた。

「お、お金持ちなんですね、スクレールさん……」

「うん。いっぱい稼いだ」

スクレールは胸を張って、ドヤァと自慢げな表情を見せる。そういえば、最近では耳長族としての実力をいかんなく発揮し、ぐんぐんとランクを上げているという話だ。新進気鋭の冒険者《ダイバー》として、フリーダでは一躍有名となっている。

活動は一人《ソロ》。迷宮中層でも難なく潜り、冒険者《ダイバーズ》ギルドが冒険者《ダイバー》向けに出す依頼――迷宮任務をガンガンこなす、可愛らしい拳闘士。これで有名にならないわけがない。

いまだって周囲からは遠巻きにだけど、注目を集めている。僕と話していなかったら光の速さで勧誘がかかっていることだろう。話し終わるのをいまかいまかと待ち構えている感じの人間が、ちらほらいる。

「あと、これ」

ふと、スクレールが袋から数枚の金貨や銀貨を取り出し――いっぱい入った袋の方を差し出してきた。

「これは？」

「この前のお金。少しずつだけど、返す」

「あれ？　僕、なにか貸したっけ？」

「……とぼけない。ハイグレードマジックポーションと核石《かくせき》のお金」

「ああ、あれ？　あれは別に気にしなくていいよ？」

「アキラは返してくれって言った」

「無理のない範囲でっていうのも言ったと思うけど」

「いいからもらう」

「拒否したら？」

「いわれのない暴力がアキラを襲う」

「なにその理不尽」

スクレールは少し怒った様子で、袋をぐいぐいと顔に押し付けてくる。借りたままでは
プライドが許さないといったところか。気高い種族ゆえのものだろう。というか硬貨を顔
に押し付けられると痛いですからやめてくださいゴリゴリするんです。

そんな中も、スクレールの耳がぴこぴこ動いているのが目に入った。

なんかこれ、ついつい目で追ってしまうなぁ。

「……耳、気になるの？」

「え？　うん、まあ」

「アキラになら触らせてあげてもいい」

「え？　いいの？」

「うん」

「じゃ、じゃあ少しだけ……」

「う、んんっ……」

お言葉に甘えて、長いお耳を触らせてもらう。とんがった先っちょや、軟骨部をこりこ

りぷにぷにするたび、熱っぽい声を漏らすスクレールさん。目をつぶって、くすぐったそうにしているけど、触られてる方は一体どんな気分なのだろうか。

なんか敏感な場所を触っているようでちょっと背徳的な感じがすることこの上ない。

「け、結構なお点前《てまえ》でした……」

「別に何でもないのにみんな触りたがろうとしてる。不思議」

「なんだろうね。自分たちと違うからじゃないかな？　尻尾族とかの耳とか尻尾を触りたそうにしてる人とかいるでしょ？」

「確かに、あれは触ってみたい」

「ふさふさしてるもんね」

「もふもふ。みんな触り心地良さそう」

そんな会話をしつつ、二人でステーキを食べに行くことに決まったので、ギルドの正面ホールから一度出て、ロープや歯車を用いた謎動力で動くエレベーターに乗り込み、迷宮入り口上に建てられた複合施設の最上階へ。

目的のレストランは相変わらず目によろしくないキラキラ加減のすごいお高そうな内装で、庶民にはちょっと通いにくいタイプの店だ。だけど、ここにずっと食べたかったものがあるのだ。入店のしにくさや場違いさなんて、いまは正直どうだっていい知ったことか。

テーブル席に案内され、二人で対面に座ると、店員さんがすぐに注文を取りに来たのでお目当てのものを僕とスクレールの分頼む。

「白角牛《ホワイトホーン》のステーキを二つ」

この白角牛《ホワイトホーン》のステーキ。金貨五枚――日本円に換算すると一枚だいたい五万円くらいするという馬鹿げたお値段の超高級なステーキなのだ。これ一つで、怪我《けが》が大概治るハイグレードポーションや魔力が完全回復＆一時的な上限の上昇が見込めるハイグレードマジックポーションなど、超超高級アイテムが買えるのだから恐ろしいことこの上ない。

注文すると、やがて鉄板に載せられたステーキが、じゅうじゅうと音を立てながら運ばれてきた。

「おー」

「これがまたおいしいんだよねー」

「初めて、楽しみ」

スクレールの目がステーキにガチで釘付《くぎづ》けになっている。どうやら彼女は結構な食いしん坊さんらしい。

ともあれこれが、僕のお目当てのステーキだ。塩で下味が付けられ、目に見えて濃厚そうなバターが置かれ、脇にはキノコや細かく切ったイモの付け合わせ、そしてソースもある。

　だけど、今日の僕にはそのソースは不要なのだ。

「うふふふ、ついに僕の野望が成就される」

　なんとも安っぽい野望だとは自分でも思うけど――ともあれそう言いながら、ステーキに手を付ける前に、バッグからいくつかのビンを取り出した。

　スクレールが不思議そうな顔をして覗きこんでくる、

「それは？」

「黒胡椒とおろしにんにくと醤油《しょうゆ》」

「胡椒とニンニクは聞いたことあるけど、ショウユウー？」

「醤油ね、しょうゆ」

　やはり不思議そうに首を左右にかく、かくと傾けている。当然だ。異世界には魚醤っぽいものはあれど、日本の誇るスーパー調味料・醤油など存在しないのである。

　ともあれ、僕がバッグから取り出したのは、ミル付き黒胡椒のビン（ギャ〇ンではない）。業務用のおろしにんにく一キロ。醤油五百ミリリットル。その三つの神器である。

　これが僕のやりたかったジャンキーな食べ方だ。まずアツアツのステーキにあらびきの黒胡椒をたっぷりと削りかけ、おろしにんにくをステーキの表面にこれでもかと塗りたくり、最後に醤油をぶわっとかける。ステーキの食べ方の定番だ。

明日は人と会えないことを覚悟しなければならないけど、これを我慢することはいまの僕には不可能である。

ステーキのジャンク的汚染作業に取り掛かろうとしていると、手を加えていることに気付いたらしい支配人らしき人物が無粋にも水を差してくる。

「あのお客様。当店ではおもちこみはご遠慮いただいていまして……」

「ねぇスクレ」

「アキラの邪魔しないで」

「は、はははははい！　では今回だけは特別ということで……」

僕の頭に配慮という言葉などすでに忘却の彼方。作業に集中しつつ、スクレールに声をかけると、彼女は支配人さんの顎先に拳をズンと突き出した。さすがの支配人さんもおしっこちびりそうになるくらいの殺気の前には、膝を屈するしかないか。逃げるように退散する。ごめんよ支配人さん。埋め合わせはしないのでその辺りご了承願いたいけど。

やがて黒胡椒とにんにくの匂いが周囲に広がり、最後に鉄板で熱された醤油が食欲を暴走させるかぐわしい香気を発する。じゅわぁあああがヤバい。音も香りも全部が凶器になりつつある。

「ごくっ……」

この世界に胡椒はあれど、こんな贅沢《ぜいたく》な使い方などできないだろう。にんにくも、手に入れることはそう難しくないかもしれないが、こういった使い方はそうそうしないはず。もちろん醤油など、いわずもがな。

「ふ、ふふふふふふ……やった、やったよ、僕ついにやっちゃったよ……」

こんなのは、料理に対する冒涜的《ぼうとくてき》な行為だろう。店から出された状態を完全改変したのだ。シェフの腕をすべて否定したことになる。だけど、だからと言ってやってはいけないという理屈にはならない。

ふと正面を見ると、スクレールが切羽詰まった様子で見つめてきて、

「あ、あのあのあのあのあのあのあの……」

「スクレも使う?」

訊《たず》ねると、彼女は頭を縦にぶんぶんと振る。完全にドラマーのヘッドバンキング。三種の神器を渡すと、彼女は見よう見まねで、ステーキの表面を塗りつぶしていく。

気付けば、醤油の暴力的な香気に誘われて、周囲の客の視線も釘付けになっていた。こんな食べ方なんてしたことないからだろう。まだ上品なマナー自体、未熟な世界だ。金持ちの来るレストランなんて、どれだけ豪華な食事を食べることができるかってだけだし、

香辛料をこれでもかと使っているいまの僕たちの方が、彼らには超お金持ちに見えるのかもしれない。

「いただきます」

ステーキの焼き加減は個人的に最もいいと思われるミディアムレア。中心にほんのわずかな赤が残り、そこをピンクが取り囲み、外側はよく焼けた色という三層構造。三センチもあるかというぶ厚いステーキ肉をナイフで切ると、異世界のシェフでは閉じ込めきれなかった赤身汁が、サイレントヒル県の爽快《さわやか》感的なハンバーグ並みにじゅわっと溢《あふ》れ出てくる。血とは違う牛のうま味が最大限に詰まったその汁が鉄板に流れると、なんとも言えない香りがたちのぼった。

「へふっ」

ステーキを一口大に切って、醬油とうま味汁の溢れた鉄板に泳がせ、口の中に放り込む。

あまりにおいしすぎて、おかしな笑い声が出てしまった。ヤバい。マジヤバい。そんな語彙《ごい》力レベル最低ランクの言葉しか出せなくなる。あんだけ肉汁が漏れ出たのに嚙《か》んでもまだまだ出てくるのだ。うますぎて言葉もない。もともと僕の語彙は死滅してるけどさ。

「ふああああああああああああああああ!!」

「へ?」

　突然発せられた大きな声にびっくりして向かいを見ると、スクレールが長い耳をぴこんぴこんと動かしてそのおいしさに感動していた。ステーキのジャンキーな食べ方が彼女にはよほど衝撃的だったのだろう。耳長族は感情の起伏で耳が動くというので、跳ねているのは興奮しているときの証拠だと思われる。

　ともあれ彼女は一瞬天に昇ったかと思うと、すぐに正体を取り戻し、夢中になってステーキを食べ始める。

「お、おきゃ、お客様！　その質の良い胡椒とペースト状になったニンニクと暴力的な匂いを発するソースは！　い、一体どこで！」

「あ、え、これの出どころはその、言えなくてですね……」

　支配人さん再びの登場。店の奥からダッシュで出てきて、詰問するかのような勢いで訊ねてくる。そりゃあ気にもなるだろう。胡椒はたっぷり、ニンニクたっぷり、しかも未知の調味料とくれば興奮を禁じ得ない。ふんすふんすと鼻息荒い。

　雰囲気に圧され言葉に詰まっていると、スクレールが興奮気味に話しかけてきた。

「アキラ！　アキラ！　これ、おいしい！　すごい！」

「やっぱりおいしいよね。誰がなんと言おうとこれがステーキの一番おいしい食べ方だと僕は思うな」

こういったジャンキーな食べ方をすると、貧乏舌などと言われるかもしれない。だけど、ジャンクは人間にとって本能なのだ。逃れられない宿命なのだ。カロリーの暴力はかくもすさまじいものだと改めて思い知らされる。

「ショウユウー、ショウユウー」

どうやらスクレールは醤油の味が気に入ったらしい。ステーキだけでなく、キノコとイモの付け合わせにもかけている。

「スクレ、そこに残ってるバターを混ぜるんだ……」

「こう？」

「そう。それで醤油バター味の完成だ」

「は、はふっ!?　ふはわっ!?」

醤油とバターで味付けされたキノコとイモの味は、もはや言うまい。

口に入れたスクレールが驚いたような顔をしている。

二人でうまいおいしい言いながら、ステーキに夢中になっていると、ふいに入り口の方で何かが起こった。

「いらっしゃいませ――ひっ!?」

悲鳴にも似た上擦った声が聞こえたため、そちらに気を配ると、殺気にも似た強烈な野生のオーラが感じられた。それに驚きつつも視線を向けると、ものすごい勢いでライオン丸先輩が近づいてくる。こっちに。

「ら、ライオン丸先輩……？」

血走った目とらしくない雰囲気に、一抹の不安を感じていると、

「クドー……」

ガシッ！

「ひぃっ!?　食べないで！　いくらここがお食事処だからって僕は先輩のお食事じゃないですから！」

「だからいつも食わんと言ってるだろうが。お前はいつになったら俺に慣れるんだ」

無理ですきっと一生慣れません。だって頭部が勇ましいライオンさんなんだもの。

「ど、どうしたんですか先輩？　いつもと雰囲気が違いますけど」

「ああ。ちょうど用事があって近くに来たんだが、その暴力的な香りが俺の鼻を刺激してな」

「先輩を呼び寄せてしまったと」

「うむ」

ライオン丸先輩は大きなマズルをひくひくさせながら頷くと、調味料の入った瓶に目を

向ける。

「この香りのもとはそれか」

「は、はい」

「クドー！　後生《ごしょう》だ！　俺にその調味料を全部売ってくれ！　金に糸目は付けん！　いくらでも出す！　頼む！」

ガオーという吼《ほ》え声のように発せられた先輩の頼みに、僕はちょっとビビりながらも頷く。

「え、ええ、ええ。先輩にはいつもお世話になってるんで全部差し上げますよ」

「本当か！」

「ちょっと待って」

何故か、スクレールが待ったをかけた。それに、二人して顔を向けると、

「あと一皿頼むから、その分だけ欲しい」

「うむ構わん。一向に構わん」

ライオン丸先輩は快く受け入れた。するとスクレールはすぐにステーキを頼み、別の皿に必要な分の調味料を取って残りをライオン丸先輩へと渡した。

ライオン丸先輩が僕の隣に腰掛ける。

「これがこのステーキをさらに昇華させるものか……」

そう言ったライオン丸先輩はふと醤油を指に垂らして口に入れた。

「！？！？　……これは!?」

「どうです？」

「ああ、うまいぞ……」

「ショウユウーはおいしい。何にかけてもおいしい」

「うむ。塩の味とはまた違った味わい深い塩辛さが堪らないな」

そう言って機嫌良さそうに喉をゴロゴロ鳴らす先輩。猫が醤油とか塩分すごすぎて普通ダメだが、たぶん異世界の不思議人種だから大丈夫だろう。なんでも深く考えてたら、この世界では過ごせないのだ。

「ステーキを頼む！　ひとまず五皿だ！　大至急頼むぞ！」

さすがはライオン丸先輩だ。一度に五皿頼むとか豪快すぎる。しかもひとまずとかどれだけ食べる気なのだろうか。品切れ待ったなしだ。

やがて出てきたステーキに、ライオン丸先輩は黒胡椒を削りかけ、おろしにんにくを塗《まぶ》し、醤油を垂らした。

そして、ナイフで切ることもせずに、フォークやナイフで刺して、野獣よろしくかぶりついた。

がぶりと噛み付いて、暴力的に引きちぎって、咀嚼《そしゃく》する。まさにライオンスタイル。

「くぉおおおおおおおおおおおおおお！　なんという至福！　なんという味覚の暴力！　俺の口の中はいま蹂躙《じゅうりん》されているぅうううううううううう！」

先輩はすごい声で叫び出した。それくらいジャンキーな食べ方が衝撃的だったのだろう。

「なんだこの上品さのかけらもないクセに恐ろしいほどうまい食い方は……お、俺の野生が呼び覚まされそうになるぞっ」

そう言いながら、二枚目のステーキに取り掛かる先輩。

だが、それがジャンクの魅力だ。こういっては悪いが、下品、身体に悪い、だがそれゆえ、強烈な魅力があるのだ。

ライオン丸先輩の言葉を聞いて、スクレールもうんうんと頷いている。そして二枚目に調味料を塗りたくり、頬張り、すごいにこにこしている。幸せそうで何よりだ。

「……次はわさび醤油かな」

そんな呟《つぶや》きを漏らした途端、正面にいたスクレールの目がぎらりと光ったような気がしたのは、たぶん気のせいだろう。たぶん。

第4階層　苦あれば楽ありというか悦楽というか……

ガンダキア迷宮というのは、僕が頭に思い描いていた迷宮《もの》とはだいぶ違う造りになっている。

大概の読み物で迷宮《ダンジョン》と言えば、『地下に向かって広がるアリの巣のような洞窟っぽい迷路』を想像するだろうけど、異世界ド・メルタに唯一あるこの迷宮は、そういうのとはまったくの別物なのだ。

降り口が地下へと向かう構造であるため、便宜上、フリーダでは迷宮に潜るという表現を使っているが、なにも街の真下にアリの巣のようなダンジョンが広がっているわけではない。

まず正面大ホールにある地下への入り口を降りると、白く煙《けぶ》る鏡面のような、境界の曖昧な場所があって、そこへ踏み込むといわゆる『～階層』と呼ばれるダンジョンの基部、モンスターの出てくる場所へと到着するのだ。

なんでもこれはその昔、この世界で一番お偉い神さまが、人間がモンスターを倒しやすくなるようにと、ド・メルタのモンスター大量発生地域を、レベル順になるよう適正化して、空間同士をくっ付けたからとのこと。

要するに、あっちこっち行ったり来たりするのは面倒だから、調整しといたよということなのだろう。めんどうくさがりなあの神さまらしいといえばらしいけど、まあこの世界の人々にすれば、こうやって稼ぎやすい形にしてもらえたことで大いに助かっていると思われる。

階段を下りてすぐ下なら、害獣駆除や兵役でもしていれば何とか潜れるような【大森林《だいしんりん》遺跡《いせき》】があって、そこのモンスター発生区域外付近になると、また別の階層へ向かう境界の曖昧な白い霧がある。そんな具合に別地域同士がつながっていて、いまのところどれだけ階層があってどれだけ強いモンスターがいるかというのは、つなげた神様のみぞ知るということらしい。

だから、地下に向かう階段を降りたはずなのに、陽の差す青々しい森が広がっているという矛盾が、こうして成り立っているのである。

――ともあれそれは、ガンダキア迷宮、迷宮深度5【大森林遺跡】で、草むしりに精を出していたときのことだ。

目当ての草は根っこまで引き抜いて、土を払ってまとめて丁寧に保管する～。という薬草《テア》取りの基本のフレーズを鼻歌交じりに歌いながら、むしってむしってむしっていると、それは姿を現した。

「へ？」

不自然な影がかかったのを怪訝《けげん》に思い、見上げれば、醜悪で超怖い顔。ここガンダキア迷宮の強面ナンバーワンモンスター、泣く子も怖すぎて気絶してしまう『醜面悪鬼《オーク》』さんがいた。

――え？　『醜面悪鬼《オーク》』？　なんで？　なんで『醜面悪鬼《オーク》』がこんな低階層に？

そんな疑問を口に出す暇もなかった。

「GUAAAAAAAAAAAAAAAA!!」

「ぎゃああああああああああああああ!?」

前者の雄叫《おたけ》びは、くだんの『醜面悪鬼《オーク》』のもので、後者の悲鳴はもちろん僕のものだ。

比較的安全な場所で安心しきってむしりまくっていたところ、突然茂みの中から醜悪で恐ろしい顔面が現れ、巨大な雄叫びを上げだしたのだ。そりゃあ驚くのも無理ないでしょ。

おしっこちびる。

「ふぎゅ!!　ぷへっ！　ぷっへっ！」

僕はそんなびっくり攻撃にやられて、泥地に落ちて全身泥だらけになってしまった。

べちょべちょのぐちょぐちょ。どろどろのべろべろである。

だけど、『醜面悪鬼《オーク》』の攻撃はそれで終わりじゃなかった。

「GUAAAAAAAAAAAAAAAA!!」

「ちょっと！　なんでぇ!?　どうして!?　どうして『醜面悪鬼《オーク》』なんかがここにいるのぉおおおお！　おかしい！　おかしいでしょぉおおおおおおおお!!」

「GOGYAAAAAAAAAAAAAA!!」

「うっぎゃぁあああああああ!!　ちょ、ちょっと、追っかけてこないでぇえええ!!」

ものすごい俊敏《しゅんびん》さで追いかけてくる『醜面悪鬼《オーク》』に対し、半泣きになりながら全速力でダッシュし逃げる。逃げまくる。半泣きなのはもちろんびっくりさせられたせいだ。心臓バクバクである。もともと臆病者なんだから仕方ない。僕の心臓はノミサイズ、材質はガラスなのだ。決して血潮《ちしお》は鉄じゃない。びっくりしたら反射的に逃げてしまうのは小市民の宿命と言っても過言ではない。

「くっそぅ……なんで、おかしいでしょ？　なに？　はぐれなの？　はぐれてここまで上がって来たの？　うそでしょマジありえないんですけどっ！」

文句をいくら垂れ流しても、『醜面悪鬼《オーク》』が背中を追いかけてきている事実は変わらない。彼にとって僕は倒さなければいけない敵なのだ。個人的に恨まれるようなことは一切していないのだけど、人間は敵、殺害対象、ぜってーボコすというのがＤＮＡレベルで刻み込まれているのだから、ほんと迷惑なことこの上ない。

――『醜面悪鬼《オーク》』。それは迷宮深度30【赤鉄《せきてつ》と歯車の採掘場】で徘徊《はいかい》する、いわゆるコモンの部類に入るモンスターだ。

オークとは呼ばれているけど、ここに出てくるものは昨今よく連想されるＰＣゲームに出てくるようなアダルティに女性の天敵である豚鼻の怪物ではなくて、『指輪物語』に出てくるオルクスのようなオークである。醜悪で恐ろしい顔面。毒さながらの臭い息。筋骨隆々とした身体と、その大きな体躯《たいく》に似合わないほど俊敏な動き。巨大なこん棒で瞬く間に人間を叩き潰すマジ怖い悪鬼である。

こいつが出てくる【赤鉄と歯車の採掘場】ではコモンの通り普通扱いだけど、もちろん低階層で活動する初心者冒険者《ダイバー》には強モンスターとされ、出会えばまず助からないと言われている。もちろんこのレベルの低い階層である【大森林遺跡】では決して出てこない、出てきてはいけないモンスターさんだ。

「落ち着け、落ち着け僕……ちゃんと対処すれば大丈夫大丈夫……」

泥だらけで全力疾走中、『醜面悪鬼《オーク》』からは逃げられなくてもなんとかパニックからは逃げおおせることに成功したことで、徐々に冷静な思考が戻って来る。

出会いがしらでびっくりさせられたけど、もちろんレベル33の自分に倒せない相手ではないのだ。半泣きになったのも全力ダッシュで逃げたのも、全部『醜面悪鬼《オーク》』の顔が恐ろしかったせいなのだ。決して勝てない脅威だからじゃあない。

もちろん僕はお化け屋敷とか大嫌いであるということをここに明記しておく。

ともあれ、追いかけっこの最中、舌を噛《か》まないよう気を付けて、呪文を唱える。

「魔法階梯第三位格《スペルオブサード》！　雷迅軌道《アメイシスオービット》！」

発動した魔法は、迅雷の如き移動術、雷迅軌道。術者の速度を格段に引き上げる属性魔法だ。雷のような直角な動き、落雷がひらめいたときのような速度、飛び散る火花。それをもって、瞬時に『醜面悪鬼《オーク》』の背後へと回り込む。

ずざざっと、靴裏で地面を搔《か》いて、巻き上げる土煙の代わりに溢《あふ》れんばかりの火花をまき散らし、背後を取った。

『醜面悪鬼《オーク》』が気付いたときには、もう遅い。

「魔法階梯第二位格《スペルオブセカンド》、浸透せし遠雷の顫え《アメイシスシェーク》！」

無防備な『醜面悪鬼《オーク》』の背中に、魔法陣が展開された掌底《しょうてい》を撃ち込む。そこを起点に『醜面悪鬼《オーク》』の身体の中に電流と震動が伝わり、稲妻と共に吹っ飛んで木にぶつかった。

木にものすごい速度で衝突した『醜面悪鬼《オーク》』は、当然ピクリとも動かない。というか動くなし。止まれ。生命活動停止しろし。それ以前にまず生物として手加減なしの電流が流れた時点で死ななきゃおかしいから大人しく死んでてクレメンスである。

「はぁー、はぁー、はぁー!!」

肩で荒々しく息をする。そして、

「ほんと勘弁してよ!! ここって初心者大歓迎の【大森林遺跡】だよ!? なんで【採掘場】のオークなんて出てくるのさ!! バカじゃないのびっくりして心臓とまりそうになったじゃないか!! こわっ!! ほんとこわっ!!」

肩を抱いてひとしきりどうしようもない事象に八つ当たりをかましたあと、何となく気になって証明書《スコアカード》を見る。

――証明書《スコアカード》。これまで手に入れた経験値《スコア》と撃破したモンスターの数が数値化されて記載され、自分のレベルも載っているという不思議な金属板だ。大きさはカードゲームのカード程度のもので、黒く縁どられたちょっと洒落っ気のある作り。この世界の人間は、生まれたときに一人の例外もなくこの証明書《スコアカード》を神様から贈られるらしい。どういうシステムなのかはちゃんと調べていないし神様に聞いていないのでよくわからないけど、自分もこの世界に来る前に出会った神様にこれをもらい、それとなくどういうものなのかを軽く説明してもらっている。

ちょっとゲーム的な感じだけど、神様のおじさん――紫父神《しふしん》アメイシス曰《いわ》く「人間《きみたち》、明確な数値が出た方がやる気出るでしょ？　僕たちも世界を持続させるためにモンスターは倒して欲しいしさ。これが一番かなーと思ってねー」だそうだ。ほんと軽い。

確かに、自分みたいなレベリング大好き、明確な数値の向上大大大好きな人間には効果覿面《てきめん》だろう。この世界の人間にとっては日常化され過ぎて、そこまで意欲にはつながっていないらしいようにも思うが、まあそれは個人差だと思う。

カードを見ると、ちょうど数値が更新されるタイミングだったらしく、撃破数が増えていた。

「ま、まあ僕の経験値《スコア》になってくれたから、良しとしようじゃないか、ふふふ」

経験値《スコア》が増えて明確に数字となって出て来れば、それは嬉《うれ》しい。僕は現金なのだ。しかたない。だって人間だもの。現金が嫌いと憚《はばか》らずに言う人間はまんじゅう怖いと言ってるようなものだ。一番胡散臭《うさんくさ》い。

それよりも、いまは気にしないといけないことがある。

泥だらけでぐちゃぐちゃの服や身体もそうだけど、それとは別のこと。

「誰か『醜面悪鬼《オーク》』にやられてないよね……」

そんな不安を口にしながら、辺りを見回す。ここは低階層。初心者や低レベルの冒険者《ダイバー》もまだまだ多くいるガンダキア迷宮でも比較的安全な場所だ。『醜面悪鬼《オーク》』なんかと接触すれば、まず命はない。相手は死ぬ。だが幸い『醜面悪鬼《オーク》』が出てきた場所へ戻っても、僕みたいなお気の毒な被害者はいなかった。

ともかく受付にでも報告しに行かなければと、オークの身体の一部を切り取り、【大森林遺跡】から脱出するため、曖昧の境界な白い霧の鏡面……もとい境界の曖昧な鏡面のような白い霧へ向かい、受付窓口を目指す。

低階層の森の中で平和そうに採取したり和気あいあいと冒険したりしている人たちに切り取った耳を見せて回っては驚かしつつ注意を促し、ダッシュダッシュダッシュ。キックはしないでひたすらダッシュ。レベルが33もあれば、どれだけ全力疾走しても大概へっちゃらだ。ド・メルタに来る前は考えられなかったような話。きっとこのままこつこつレベルを上げればサッカーはおろかオリンピックで優勝できるだろう。

ここはド・メルタ、筋トレとか体力づくりとかをしなくても、敵を倒すだけで強くなるという超理不尽な世界なのだ。なんでも倒した相手の力が、因果の糸によって自分に注がれるとかいうよくわからない現象のせいで強くなるらしい。もちろん筋トレや体力づくりをしていればその分強くなるのだけど、僕は魔法使いなのであまりそういったものとは相性が悪い。魔法使いという性質上、そんなことをするなら魔力を上げて、魔法でドーピングすればいいんだよバーカとか言われたし。師匠に。ひどい。あくま。

そんなこんなで五キロ近く走っても疲れ知らずで余裕で冒険者《ダイバーズ》ギルド正面ホールへ到着。過度に広い正面ホールはいつものように賑《にぎ》やかで、ちょうどお昼時でもあったためか、二百席以上あるテーブル席はすでに満席だった。

酒を飲んだり、マズい食事を無理やりお腹に入れたり、マズい草スープに悶絶《もんぜつ》したり、無事迷宮から戻って来て宴会したりと、みんなそれぞれ楽しくやっている中、窓口へと向かう。

「アシュレイさーん！　超激ヤバ情報でーす！」

「あら、どうしたのクドーくん。さっき潜っていったばっかりじゃない……っていうか泥だらけじゃないどうしたのよ？」

「そんなことよりもちょっとこれ見てよこれ、奥さんどう思います？」

そう言って、ちょうど手すきで暇そうにしていたアシュレイさんに、例のブツを見せる。

「……？　オークの耳よねこれ？　これがどうしたの？」

「いまさっき【大森林遺跡】で倒してきました」

「それ、マジ……？」

「マジマジ、ちょうマジ。じゃなきゃこんなのここにあるはずないし」

「そ、そうよね……」

アシュレイさんの表情がみるみるお険しくなる。そりゃあ低階層にこんなモンスが出て来ればただ事ではない。冒険者《ダイバー》が死ぬ確率がグンと増える。

「ねぇクドーくん、他にはいなかった？　一体だけ？」

「僕が見たのはこれだけです。たぶんただのはぐれなんだと思いますけど……一応、報告だけはと。念のため道中注意喚起もしてきました」

「ありがとう。見つけたのがクドーくんで良かったわ」

「何が良いんですか。まったくよくないですよ。心臓止まりかけましたですよほんと」

自分のびっくり加減を伝えようとしたけれど、何故かアシュレイさんにはうまく伝わってなくて、

「どうして？　倒せる相手なのに怖いの？」

「倒せる倒せないとか問題じゃないんです。顔が怖すぎるんですよ『醜面悪鬼《オーク》』って」

そう言って、どこかのお笑い芸人よろしく鬼瓦をやって見せる。事実、『醜面悪鬼《オーク》』を見かけたとき、とても情けない声を上げてしまったくらい出会いがしらは怖かった。我ながら臆病をこじらせすぎていると思う次第であるけど、怖いものは怖いんだからしょうがない。

しかし、アシュレイさんはいまいちピンと来てないらしく、

「そういうもの？」

「一度アシュレイさんも【採掘場】行ってみればいいんですよ。あいつら怖い顔してうろついてますから」

「私冒険者《ダイバー》じゃないから無理よ。迷宮になんて降りれるわけないでしょ？　というかそれよりも……」

アシュレイさんはそう言って、備え付けの大きなベルを鳴らす。頭がガンガンするくらい強烈な警告音が冒険者《ダイバーズ》ギルド正面ホールに鳴り響いた。

「迷宮深度５【大森林遺跡】で『醜面悪鬼《オーク》』発見の情報です！　低レベル冒険者《ダイバー》は安全が確認されるまで迷宮潜行を控えてください！」

さて、これで良しである。ギルドの対応は早いから、すぐに手すきの高ランク冒険者《ダイバー》が集められ、哨戒《しょうかい》に出され、安全が確保されるだろう。

「ねー、クドーくんにも偵察の協力して欲しいん……」

「僕いまは無理です。泥を落とさないといけなくてですね、ぐちょぐちょで気持ち悪いんですよ」

「……そうね。さすがにその状態で無理して行ってくれとは私も言えないわ」

アシュレイさんは僕の泥だらけぶりを見て、浴場に行ってこいと促した。

僕がいま向かっているのは、冒険者《ダイバーズ》ギルドに併設された洗い場兼浴場だ。これはギルドが冒険者《ダイバー》たちの要望を聞いて造ったもので、冒険者《ダイバー》が迷宮から帰ってきたあと、ここで素材や身に着けている物の汚れを落とすことができる。ちょっと汚れただけなら洗い場でちゃっちゃと落とせるんだけど、中には血しぶきを浴びたり、僕みたいに泥だらけになってしまったりした冒険者《ダイバー》なんかもいるから、簡易の浴場まで設置されたのだ。

浴場の方は仕切りがついていて、粗末なボックス型のバスルームとでも言えばいいかな。学校のシャワースペースとどっこいどっこいな感じのそこまでプライバシーに配慮されていないタイプのものとなっている。もちろん温水シャワーなんて快適な設備はなくて、現代っ子にはとにかく冷たい感じの造り。湧き水が出てくるところを改造して、上から水が流れてくるけど、それが各場所に分散しているから、浴びて洗い流すということはちょっと難しい。ほんとよくこれでここを浴場と謳《うた》えるものだと小一時間問い質《ただ》したい。

できて布で汚れを拭き落としながら、時間をかけて桶《おけ》に水を溜《た》めて浴びるくらいだ。

だからといってこの恰好のまま現代日本に戻るわけにもいかないんだよね。最低限泥を落として行かないとおかしなことになるかもしれない。どろんこ遊びをしてたような小さな頃ならいざ知らず、僕はもう高校生なのだ。最近は晴れ続きだし、川や田んぼだって家の周囲にはない。泥だらけで帰ったら親にいじめを疑われる可能性が微粒子レベルで存在する。それがヒロちゃんの耳に入って出動なんてことになったらことだ。

あとは下着まで濡《ぬ》れてるから結構気持ち悪いしね。一刻も早く取り替えたいよ。

泥だらけなので周りに迷惑がかからないようにしながら、遠慮がちに洗い場へと向かう。

そんな中、ふと背後から声が掛けられた。

「アキラ」

振り向くと、そこにはスクレールがいた。いつものように銀色の大きなポニーテールをフリフリしながら、僕にやたらと眠そうな半眼を向けてきている。

「あ、スクレ。いまから？」

「ちょっと顔を出しただけ。それよりもアキラ、一体どうしたの？」

「これね。『醜面悪鬼《オーク》』の顔に驚いて転んじゃって」

「【赤鉄と歯車の採掘場】は、泥で汚れるような場所じゃなかったはず」

「それがアイツ、森まで上がってきてね」

「もしかしてさっきの警報？」

「そうそう。あれの第一発見者が僕なんだ。それで受付に報告して、これからこの汚れを落とすのに洗い場へ行くの」

「ふうん、そう」

スクレは素っ気ない返事をする。

僕はそのまま「じゃ、行ってくるから」と言い残して、洗い場への道のりへ復帰したのだけど……いまだ後ろに足音と気配がある。スクレのものだ。

べとべとさん対策よろしく、片側に寄って「お先にどうぞ」って言ったけど、追い越していく素振りはない。僕のべとべとさん対策は子供のころから念入りにシミュレートしているため完璧だったと思ったのだけど、まだまだ修行不足だったらしい。やっぱ夜のあぜ道とかじゃないと駄目なのか。

振り向くと、やはり後ろでピタッと止まったままのスクレがいた。

「……どうしたの？」

「手伝う」

「手伝うって」

「全身だから一人だと拭くのも大変」

「いや、まあ……そうですけど」

ここの構造的に、お手軽に流せるわけじゃない。だけど手伝ってもらうほどではないんじゃなかろうか。というか手伝うってＷＨＹ？

「いいから行く」

「う、うわわっ!?」

スクレの物理的な押しに負けるような形で、僕らは洗い場へと入って行った。

冒険者《ダイバーズ》ギルド併設の洗い場はまったく粗末な感じだった。戸板で囲んだような個室がずらっと並んでいる。個室って言っても、完全なボックスタイプじゃなくて、背が高いと頭が出ちゃうし、足元も見えるヤツなんだけれども。僕の場合は背がそんなに高くないから外からだと足しか見えないかな。

それでここ、個室内は結構狭い。なので使うときは荷物が濡れないように端へと寄せる必要がある。僕の場合は『虚空《こくう》ディメンジョンバッグ』があるので取り出し自由だから平気だけど。

「こ、ここに二人で入るの……？」

「そう」

スクレールさんは躊躇《ためら》いを知らないらしい。二人で入るとスペース的な余裕はないのに、「それに何の問題が？」と言わんばかりに真面目な顔で頷《うなず》いた。正気かこの子は。食堂の三大ゲロマズ料理の一つ『謎のお粥《かゆ》』を食べたり、【黄壁遺構《おうへきいこう》】の『催眠目玉《スリープアイ》』のビームを食らったりしてお目目ぐるぐるしてないだろうか。

見るけど、スクレの目はいつも通りだ。ハイライトの消えた瞳とジト目である。

そのまま彼女にぐいぐいと押し込まれた。

当然こうなると、僕はどうすればいいかわからなくなるわけで。

「えっと」

「どうしたの？　早く脱ぐ」

「あ、ああ、あの、スクレールさん？　なぜお服をお脱ぎになっておられるのでしょうか？」

「服を着てたら私も濡れる」

「そうですねー。水がかかって濡れますよねー。ってそうじゃなくて！」

「いいから。さっさと全部脱ぐ」

問答無用らしい。

そんな中でもスクレはどんどんと自分の衣服を脱いでいく。

それに従って僕の目に飛び込んできたのは、健康的な色味を持った美しいお肌。しかも、小柄な身体には似つかわしくない豊かなボリュームだ。お胸もお尻も自己主張が激しくて、嫌でも目に飛びこんでくる。むしろ目が離せない。

そんな視覚をダイレクトに刺激する肉感に、ついつい喉を鳴らしてしまう。

「……ごくっ」

おっきなお胸さんも、なんか見ちゃいけない股間のあんなところも、柔らかそうな丸みを帯びたお尻も。無理。ほんとちょうムリ。理性とかどっか飛んで行って二度と戻ってこなくなってしまいそうな危機感しかない。

不躾《ぶしつけ》な視線を送っていると、スクレールから咎《とが》めるようなジト目が向けられる。

「アキラ」

「へ、あ、ああ!?　えっとそのすすすすみません！」

「別に謝らなくていいけど、後ろ向く」

「イエス！　マム！」

そんなことを言いながら、僕も服を脱ぐ。

やがて、スクレが濡らした布で背中を拭いてくれた。

……うん、なんだろうねこれ。僕は何をしてもらっているんだろうか。なんか僕にはだいぶ早すぎるいかがわしい感じのお店に入ってしまったような気分になる。あとでスクレに支払い額を請求されたものなら確実に破産してしまうようなゼロの桁数を見ることになるだろう。むしろ僕が逆に彼女の奴隷案件になりそう。

「終わった。次はこっちを向く」

「ええ!? いやそっちを向いたら、あの、いろいろとマズいかなと思いますですはい！」

「大丈夫」

「大丈夫ではなさそうだから言ってるわけで！」

「いいから早くする」

「ふげっ!?」

スクレールさんに力ずくで前を向かせられる。そうなると、まあ、僕に彼女の裸が見えるのもそうですけど、逆もそうでして。

「――!?」

スクレールがびっくりしたような表情を見せる。まるで初めてアジア象でも目の当たりにしたような反応だ。目を真ん丸にさせて、スタートボタンを押したかのように一時停止バリに硬直してしまった。

……うん、そうですね。すっごくお元気になった僕のを見たからだろうね。

「あ、あの、これはですね！ 男ならどうしてもなってしまう仕方のない生理的な現象でして」

「わ、わわわわ、わかってる！ 知ってる！ だから口に出さない！」

「はい！　ですので、そういうことでしてその、極力触れていただかない方向で……いえ決して触れて欲しくないわけではないんですけど」

「おかしなこと言わない！」

「ごっ、ごめんなさい！」

スクレとそんな話をしていると、どこからともなく足音が聞こえてくる。

「だ、誰か来た！」

「し、静かにする！」

スクレールと二人で素っ裸のまま、わたわたである。

よくわからないけど、個室の隅っこでお互いくっ付いて押し黙った。

いや、別に僕たち悪いことをしているわけじゃない。男女でここに入って汚れを落としている人たちだっているらしいから問題になるわけじゃないんだけど。

でも、なんとなく二人して焦ってしまった結果、こうなった。

肌を通して伝わってくるのは、むにゅんとか、ふにゅっ、とかそんな感じの柔らかい感触だ。ヤバい。ほんと理性が飛びそう。

足音が過ぎ去って、別の個室の戸が開く音が聞こえる。

「だ、大丈夫、かな？」

「……みたい」

冷静になると、まあ、そのなんだ。引っ付いていたので。

「——!?」

「いや、あの、ですね」

「言わない言わない！　それ以上何か言ったらブチ抜く！」

「は、はい！　黙ります黙ります！」

そんなこんなで、スクレールさんは僕から離れた。

その後はなんとかお互い平静を装いながら、お互い身体を乾いたタオルで拭いて、服を着て浴場を脱出したのだった。

別に熱いお風呂に入ったわけじゃないのにのぼせてしまったような感じになったのは、まあ言わなくてもいいでしょ。察して欲しい。

第5階層　魔法の師匠は人外ですか?

時間は夕方。学校帰りに迷宮に来て、潜って、『醜面悪鬼《オーク》』と出くわして、スクレールとのイベントがあってだから、それほど時間は経ってない。

あのあと、迷宮《ダンジョン》に潜行《ダイブ》するスクレールと別れて、いまは大通りを歩いている。

もちろん通りがかった受付でアシュレイさんから哨戒《しょうかい》に出てくれとしつこく何度も言われたけど、いろいろ理由を付けて丁重にお断りした。折角楽しみに来てるのに哨戒で時間を潰されるのは、正直不本意極まりない。遊びに来ているのだから遊ばせろという感覚だ。

その間に人のためになりそうなことをするのは全然構わないけど、積極的に人のためになることをしていたらまず身が持たないし。

むしろなんだかんだ幸せだった時間の余韻があるので、それをぶち壊しにしたくない。

迷宮《ダンジョン》入り口の冒険者《ダイバーズ》ギルドへと続く大通りはいつも通り賑《にぎ》やかだった。冒険者《ダイバー》向けにいつも屋台が出ているため、呼び込みやらなにやらもあって基本毎日大盛況。ほとんど二十四時間、どこかしらの店が開いているため、冒険者《ダイバー》たちにとても優しい。

そんなところを歩きながら、

「——あーやだやだやだやだー。なんで迷宮深度30強のところに出てくるモンスターの哨戒に出なきゃいけないのさ。そういうのはそこに出てくるモンスターを片手で捻《ひね》り殺せるくらいのむっちゃ強い冒険者《ダイバー》さんたちにお願いしてよほんと」

正直な話、レベルの高いモンスターとは用意もなしに戦いたくはない。迷宮探索で最も重要なのは準備だ。事前の準備あってこそ、安全に潜れるのである。それが僕の迷宮探索における持論であり、単独冒険者《ソロダイバー》が思い付きで潜るなんてそれこそ愚の骨頂。

迷宮とは、日本で、ド・メルタで、アイテムをしこたまかき集めて初めて潜っていい場所なのだ。

それに、今日はいろいろと良いことがあったので、面倒事でそれを塗りつぶしたくない。

「う……」

思い出すと気恥かしいやら嬉《うれ》しいやら。あのまま粘ればもうちょっとラッキーなことがあったのかもしれないけど、でもさすがに流れに任せてそんなことするのはいけないよね。

いまの僕はきっと周りの人がドン引くぐらいニマニマしているだろう。

「でも今日はほんとどうしようかなぁ。やっぱこのまま家帰ろうかな……」

迷うけどやっぱり、幸せ気分のまま帰った方がいい。今日の潜行は一度ケチが付いたのだ。下手に迷宮を散策すれば、またおかしなことに巻き込まれるのは想像するに難くない。

メタ的な考え的に。

そう考えながら路地へ入り、日本への転移ポイントである紫父神《しふしん》アメイシスの像のある場所へ行こうと思った矢先だった。

背後に濃密な魔力の気配を覚え、そろーりと振り返る。すると、西日に照らされて伸びあがった自分の影が突然動き出したのが見えた。

「うえぇ……」

思わず呻いてしまう。

動き出した影は、女性のシルエットへと変化し始めた。腰まである長髪、細面の輪郭、身体は艶めかしい丸みを帯び、最後に全体が黒い靄《もや》に包まれた。そしてそのまま立ち上がる。……嫌な予感がビンビンだった。いや、予感も何もこれが現れると確実に大変なことが起こるのは確定的に明らかなのだ。

「どうしてこのタイミングで出てくるんですかぁ……」

慄《おのの》きながらボヤいていると、靄をまとった立体的な影という不可思議な存在は、赤い片目を光らせて、少女の声を響かせる。

「おいアキラ。元気か?」

「あ、晶って誰ですかね？　僕はフリーダの善良な市民であるクドーというもので……えへへ」

ミゲルに似合わないとこき下ろされた揉《も》み手をしながらスライド移動で去ろうとするけど当然効果はない。黒い影は呆《あき》れた様子で、

「そんな話で煙《けむ》に巻けると本当に思っているのか？　相変わらず不意打ちに弱いなぁおまえ」

「うう、師匠、どうして今日なんですか……」

そう、いま目の前にいる影こそが、異世界ド・メルタに来た自分に魔法の使い方を教えてくれた、魔法の師匠なのである。年若い女性――というよりは少女に近い声を持つ、黒い靄をまとった影であり、モンスターなのか、悪魔なのかはまったくわからない不思議な存在。だけどその実力は折り紙付きで、あまり戦っているところを見たことはないけれど、これまで遭遇したどんなモンスターでも一瞬で倒してしまっているとかいう超人外、僕の知る限りド・メルタにおける最強キャラの一人である。

それだけなら……そう、それだけなら、すごくいい人なのだが、

「……あの、今日はどうしたんですか？　またイジメですか？　もう僕は自分のレベルに合わない階層には行きたくないんですけど……」

「いじめとは心外だな。わたしはお前のためにやっているんだぜ？　ん？」

「嘘《うそ》つき。全部自分のためじゃないですか……」

「くくく」

　影の口元が愉快そうに引き裂かれる。

「それになにをいまさら嫌がってるんだ？　わたしが魔法のいろはを教える代わりに、お前はわたしの頼みを聞く。そういう契約だったじゃないか？」

「そんな契約してませんし！　いつそんな話になったんですか!?」

「でもちゃんと魔法の使い方を教えてるだろ？」

「確かにそうですけど……っていうかそんなの詐欺でしょ!?　最初はあんなヤバい階層に降ろされてヤバい戦いを強要されるなんて思わなかったし！」

「かもしれないな。だが、それならそれで、おまえもわたしのことを師匠って呼ぶ必要はないはずだぜ？」

「…………ま、まあそうですけど」

　いま師匠が言った通りである。魔法の使い方を教えてもらう代わりに、師匠からは高深度の階層に出てくるモンスターの核石《かくせき》を求められるのだ。ギブアンドテイクと言えば聞こえはいいけど、いつも自分よりもずっと強いモンスターばかりで、時折ボス級《クラス》のものというのだから、不公平極まりない。ブラックである。

だけどそれゆえに、ド・メルタに来て半年でそこそこ魔法が使えるようになっているのも事実。そういったところは感謝している。そのおかげでいまこうして異世界生活をエンジョイできているのだから、あまり文句を言える筋合いではないのかもしれないけど。

（うう……でもやっぱきついのは変わりないんだよなぁ……）

基本安全第一であるため、自分より強い相手とは戦わないようにしている。もとはただの高校生だし、何か武術とか習ってたわけじゃないし、度胸なんてそれこそあるわけないのだから、自分より強い相手と戦うなんてやりたくないのだ。僕はヒーローじゃない。精神的にも肉体的にも雑魚のパンピーっていうのは自分がよくわかっている。身の丈に合った行動をとっているのが一番いいのである。小市民万歳だ。

だからか、いまは不気味な笑い声を響かせる師匠が悪魔に見える。いや、やっぱり本気で悪魔なのかもしれない。

「アキラ。人に正面向かって悪魔っていうのはどうなんだ？　ん？」

「え!?　まさか師匠ってば僕の心をお読みになられたので!?」

「読んでないっての。きっちり口に出してたぜ？」

「痛ぁっ！」

おでこにチョップを受ける。師匠は僕よりレベルが高いからホントに痛い。

「……あのー、ちなみに、ほんとちなみになんですけど、今日はどこに行かせるつもりなんですか？」

「今日は【屎泥《しでい》の沼田場《ぬたば》】の奥だ」

「ゲェッ!?　むむむ無理です！　あそこの敵は僕の手には負えませんって！」

主に視覚的、嗅覚的な意味でだけど。

「相変わらずヘタレで臆病者だなお前は。半年経ってそこそこは戦えるようにもなったんだろ？　ちょっとは男気を出せるようになれよ」

そう言いながら師匠は抱き着くようにくっ付いてきて、耳元に囁《ささや》きかけてくる。

「ひゅっ!?」

「じゃあさ、誰かだまくらかして連れていったらどうだ？　いつもお前とよく絡む酒飲みの男なんかいいと思うが？　なぁ？」

「はわわ、はわわ……」

口から舌らしきものを出して、ぺろりと頬を舐《な》め上げてくる師匠。その艶めかしさと性を感じさせる所作に、ゾクリと来るけど——悪魔のような囁きでプラマイゼロである。

「み、ミゲルは自分のチームを率いてるからダメですよ！　二日ぐらい前からチームで長期で潜るとか言ってたから、まず予定が合いません！」

「じゃあ他には？」

「ええと、ほかは……」

咄嗟《とっさ》には出てこない。

「………友達少ないなー、お前なー、残念な子だなー」

「余計なお世話ですよ！　僕にだってきちんと友達いるんですよ！」

そうだ。スクレとかミゲルとか、幼馴染《おさななじ》みのヒロちゃんとか忍者マニアの高河野《こうがの》君とかオカルトマニアの丘留《おかどめ》君とか。それなりにいるんだ。一応ね。

「ま、となるとだ。一人で潜るしかないぞ？」

「もう潜るの決定事項なんですね……」

「そう言うなって。もしわたしの要望に応えられる成果を出せたら、また新しい魔法の技を教えてやるからさ……」

そう言って師匠は、くくく……と不気味な忍び笑いを漏らす。それを聞くと、ほんと不安なことこの上ない。

だけど、だ。

「新しい技……」

「そうだ。どうする？　もし断るなら、もう教えてやらないかもしれないぞ？」

「う……」

そんな風に脅しかけられれば、頷《うなず》くしかない。結局、僕は折れてしまった。だって新しい技というのは、なんだかんだやっぱり魅力的なのだ。

そんな中、不必要に僕にはっ付いていた師匠が、怪訝《けげん》そうな声を上げる。

「ん？」

「師匠、どうしました？」

「アキラ。おまえ、女の匂いがするな」

「え？　あっ……！」

もちろんいまの僕にはその言葉に心当たりがある。

すると、師匠が何か面白いものでも見つけたような不穏な声音を出す。

「ほう？　なんだ。ヘタレなくせにお前もやることはやってるんだな」

「いえ、そういうわけではなくて、なんだか向こうの好意であんな感じになって……」

「なんかそれ、言い訳みたいに聞こえるな」

「どうしてこれが言い訳に聞こえるんですか！」

ともあれ、僕の叫びなんて師匠はお構いなしだ。

「で？　ナニをしたんだよ、教えろよ」

「ちょ、ナニってなんかそれすっごくダメな発音に聞こえるんですけどぉ！」

「ペロ。ふむ、匂いはあるのにやっぱり女の味はしないな。ということはあれか？　未遂なのか？」

「舌で判定するなんて師匠どんな味覚してるんですか!?　っていうか未遂ってなんですか未遂って!?」

「未遂は未遂だ。（バキューン）に（バキューン）を（バキュバキュバキューン）するところをあえてしなかったふにゃちん野郎のことを――」

「女性がそんなこと口にしちゃいけませんってばぁあああああああああ!!」

あと、僕は決してふにゃちんじゃなかった。そこは断固として否定しておきたい。


……とまあ、迷宮に潜り直す前は、そんな風なノリだったんだけれど。

うねうねうねうねうね。うねうねうねうねうねうねうねうねうね。

「ああああああああもう気持ち悪いのばっかりすぎるぅ……これなら【暗闇回廊《くらやみかいろう》】の方がまだ何倍もマシだよぉおおおお……」

目の前でうねうね動く毒々しい色のスライムモンスターの大群を見て、叫び声を禁じ得なかった僕。

師匠と一緒に降りてきたのは、師匠に先ほど言われた通り迷宮第3ルートにある【屎泥の沼田場】。迷宮深度は25で、レベル的にはよく行く迷宮第2ルートにある迷宮深度30の【暗闇回廊】ほどではないんだけれど、いかんせん環境が悪すぎる。そこかしこに毒の沼があって、異臭が湧きたっているとかマジドムドーラ。枯れ木はおろか、食虫植物も真っ青のキモい草花、毒々しい色合いの劣悪な環境。それに加え、そこに出てくるモンスターも毒系とか、グロテスク系とか、もうほんと最悪なのである。

「泣き言を言うな。あの軟泥生物が気持ち悪くて吐き気がするのは確かにわたしも同意するけど、それくらい我慢すれば事足りることだろ？」

「そうかもしれないですけどー……。ねー師匠ー。やっぱりやめましょうよー」

「じゃあ他のところにするか？」

「待ってた！　僕その言葉をずっと待ってた！　っていうか別のポイントがあるんですか？　どこどこどこ？　どこなんですそこ？」

「ああ、迷宮深度50以降【氷結《ひょうけつ》の衝角《しょうかく》山脈】の『山脈海豹《アイスエイジ》』の核石が……」

……は？

「あの、もう一度お伺いしてもよろしいでしょうかお師匠様？」

「だから、【氷結の衝角山脈】だ」

「むりむりむりむりむり！　第４ルートってだけでも極限なのにそこの迷宮深度50以降とかあんなとこライオン丸先輩ぐらいしか行けないでしょ！　僕って冒険者《ダイバー》を初めて半年の駆け出しですよ!?　死にに行くようなもんですって！」

「だって他のところに行きたいって言ったのはおまえじゃないか？」

「それはそうですけど！　限度ってものがあるでしょ限度ってものが！」

「そんなに嫌がるなよ」

「う……」

今度は後ろから抱き着くように身体をくっ付けてくる師匠。そうすれば黙ると思うのか。いやまあ黙るんだけど。だって影なのに柔らかさがかなりヤバい。女性的な肉感を余すところなく感じさせてくるため、股間的にダイレクトに刺激が来るのだ。

そしてそれをちゃんと理解してやっているから、師匠は非常に性質《たち》が悪い。

今日はなんなんだろう。アメとムチが交互にやってくる。やってくるならアメだけにしてホント切実にそう思う次第。僕はずっと楽して幸せでいたいのだ。

ともあれそんなことをされたせいで、ついつい、やっぱり僕頑張っちゃおうかなー、男気とか見せちゃおうかなー、とか言いそうになってしまうけど——

ふと視線を逸《そ》らした場所にいた軟泥生物が、ぐにゃりと身体を変化させるのが見えた。伸び上がって中心に丸い穴を作るという不思議な行動を取ると、迷宮内に吹く風がそこを通り、おどろおどろしい空洞音を響かせた。

――うぉおおお。うぉおおお。

一匹がそれをすると、周囲の軟泥生物たちも呼応して、同じような行動を取り始める。

【屎泥の沼田場】の一画は、気持ちの悪い大合唱に包まれ――

「やっぱりいやだぁあああああああああああああああああああああああ！　最悪過ぎるぅうううううううううう！」

師匠のお色気？　攻撃も、気持ち悪いのにはかなわなかった。

すると、叫んで発狂しかけている僕に向かって、師匠が、

「……ほんとしょうがないヤツだな」

言葉の脈絡から察するに、許してくれるのか。天使の降臨が如く光が天から差し込んだような気がして、そんな期待が生まれるも――やはり師匠はドSだった。

「おーい!!　ここにエサがいるぞー!!　魔力がたっぷりでおいしいエサだぞー!!」

「あんたは鬼かー!!」

師匠が軟泥生物に呼びかけると、これまで叫んでも大きな音を立てても近づいて来なか

った軟泥生物の群れが、何故か近づいてくる。

やっぱり師匠はモンスターなのかもしれない。

いや、悪魔だ。あくまあくまあくまあくまあくま……。

「よし、これでお前は戦わざるを得なくなった」

「よしじゃないよこのドS鬼畜師匠！」

「ひどいなぁ。わたしはおまえのためにやっているというのに」

よよよ……と泣くような素振りを見せる師匠。もう、あきらめるしかなかった。

「くっ……こうなったら師匠も道連れにしてっ……」

「あ、わたしはすぐ避難するから」

そう言って、師匠は僕の影に戻って、僕の影からもいなくなる。逃げやがった。

「こんのド畜生がぁあああああああああああああ!!」

結局、殺到する気持ち悪い軟泥生物を雷の魔法で全部倒さなければならなくなったのは言うまでもない。

師匠の悪意のせいで殺到した軟泥生物『粘性汚泥《ポップスライム》』は、なんとかすべて倒しきった。

だけど、それと引き換えに僕のＳＡＮ値が減りに減った。いまは比較的安全そうな岩場にしゃがんで膝を抱えて、ぶつぶつととりとめのない言葉を呟《つぶや》いている。一時的狂気である。諸兄は狂気表の四番を参照されたし。

「気持ち悪い気持ち悪い気持ち悪い気持ち悪い気持ち悪い……うう」

「まあまあ及第点といったところだなー。こんな汚物如きひとかけらも残さず焼き払わなければ、一人前の魔法使いとは言えないぞ」

「この、今更出てきてよく言うよ……」

「そう恨めし気にするなよ弟子よ。目的が達成されたらご褒美をやるからさ。主に性的なご褒美だぜ？　それならおまえも嬉しいだろ？」

「そ、それは！　師匠がびびびび美人だったらー！　そうかもですけどー！」

「それは保証する。これでももとは傾国と呼ばれたくらいだからな」

「……自分でそれ言います？」

「この姿のままでもわかると思うけれどな」

そう言って、師匠が身体のラインを見せつけるようにしながら近づいてくる。そして、何故か影の手を伸ばしてきた。そしてそれが向かう先は、僕の股間であり――

「ど、どどどどこ触ってるんですか！」

「お前のイチモツだが？」

「ぶっ!?　ちょ、や、やめてください！　離して！　ほんぎゃぁあああああ!?」

影の手を掴《つか》んで離れたけど、だいぶもみもみされた。ひどい。

「ふふふ、臆病者のクセになかなかいい物持ってるじゃないか」

「こ、このドS畜生変態師匠めぇ……」

涙目になりながら内股加減でお股を押さえる。マズい。師匠の前で油断していると、きっと大事なものが奪われるような気がしてならない。自分から捨てるならいいけど奪われるとか男としての威厳がね、ほら。僕はヘタレだけどそういうプライドくらいは持ってるんだ。だから絶対ダメなのだ。

そんな中、師匠は何かに気付いたのか、ふいに視線を別方向へと向けた。

「来たぞ。あれだ。あれが今日のメインだ」

「うわ……」

現れたのは、毒霧をまとった巨大な三つ首のグロモンスターだった。

身体らしい身体は持っておらず、巨大な毒の沼から、これまた巨大な竜、獅子、山羊《やぎ》の首がそれぞれ生え、ところどころが腐ったり溶けたり骨が見えたりしている超グロいヤツ。

『溶解死獣《ポイズンキマイラゾンビ》』だ。ここ【屎泥の沼田場】で最も倒しにくいとされるモンスターである。

さほど強くも狂暴でもないし、好戦的でもないのだけれど、なにせデカイし、毒の霧と毒の沼のせいで近づくのに難渋する。剣士は真っ向から戦えないし、かといって矢玉を撃ち込んでも身体がゾンビーなせいであまり効果はない。ならば燃やすか――ってなるんだけれど、いかんせん毒霧毒沼のせいで水気が強いからか火矢を使っても正直微妙。最低でも魔法使いがいないと倒せなくて、だけどこの世界の魔法使い人口っていうのは全体の数パーセントかそれ以下しかないし、魔法使い冒険者《ダイバー》なんてそれに輪をかけて少ない。なので倒せるチームはかなり限られるという冒険者《ダイバー》にとって目の上のたんこぶ。高ランクチームでさえなんだかんだ理由を付けて避けて通る相手だ。

『溶解屍獣《ポイズンキマイラゾンビ》』が動くと、その首が生える巨大な毒沼も移動し、常にそれぞれの口から毒霧も吐き出されているため、周囲はほんと超ヤバい地獄である。おおよそ東京ドーム半個分、約2・5ヘクタールの面積が大移動すると言えば、その超ヤバさの程がわかるだろう。

ほんと巨大怪獣だ。

……ふと、半ば現実逃避的につい最近幼馴染《おさななじみ》みとした会話を思い浮かべる。

『ヒロちゃんヒロちゃん』

『なんだ？　アキ』

『巨大化した怪人倒すときに使うあの合体ビームってあれってどういう原理なの？』

『あれか、あれはみんなの力を合わせているというていで、高出力のレーザービームを撃ち込んでいるだけだ。特段変わったことはしていないぞ？』

『ていとか言うなし。身も蓋もなさすぎるよ。夢壊れちゃうってば』

『だが事実だ。デカい奴はそれを蒸発させられるくらいの大出力で倒す。うん。これに限る』

『それしか知らないの間違いでしょ。っていうか友情、努力、勝利はどこへ行ったの』

『努力もしているし、結果は出しているさ……友情の方は迷子になりかけているがな』

『あれ？　なに？　お仲間さんたちとケンカでもしたの？』

『そういうわけじゃないんだが、最近ギクシャクしていてな』

『何かあったら言ってよ。僕が何かしてあげられることはないだろうけど、話くらいなら聞けるし』

『ああ、何かあったら頼む』

こんなときなのに「ヒロちゃん大丈夫かなーうまくやってるかなー」とかそんなことを考える僕。現実逃避は得意だ任せろ。

……まあ、結局師匠の言うことを聞いてそいつを倒す羽目になったんだけど、いまの僕には協力してくれるお仲間とか合体メカもないから、死ぬほど大変だったのは言うまでもない。要するにすっげー威力の攻撃をすればいいのだ。うん。

正直言ってしんどい。ほんとしんどい。

だって迷宮を降りるのにも移動という労力が必要なのに、道中でモンスを倒し、目標の取り巻きのようなモンスも倒し、目標を倒し、その核石を回収するために毒沼と毒霧の処理までしなければならないのだ。魔法はガンガン使う羽目になるし、倒すのに伴う運動も推して知るべしだし、もうひどい。

そしてそれよりなにより、ひどいのは。

「気持ち悪い……」

【屎泥の沼田場】の環境である。なんの用意もなく長居すると、さすがに気分が悪くなるのは当たり前だ。乗り物酔いの数倍ひどいのに襲われると言えば、その厳しさがわかるだろう。長距離バスで隣にヘビースモーカー。飛行機の着陸寸前の気持ちである。もし次来るときは、防毒マスクをネット通販で買ってこないとダメだ。純正品とか放出品とかを漁《あさ》る必要があるだろう。

一応いまはその手前の階層、迷宮深度15【大烈風《だいれっぷう》の荒野《こうや》】に避難しており、幾分はよくなったのだが。

「なんだ、毒霧に当てられたか？　ここに来る前にあれだけ気を付けろと言っておいただろうが」

「気を付けたってどうにもなりませんよ！　人間は呼吸をするんですよ！」

「なら止めればいい」

「死ぬわ！」

ツッコミを叫ぶと、師匠は楽しそうに笑い出す。ホントドSである。

ともあれ、休んでいたためか多少だけど気分が回復してきた。風の巡りがいい階層であるため良かったか。常に強風が吹き荒れる断崖の荒野も、いまは天国のように思える。モンスターが出るグランドキャニオンと思えば、多少は観光気分に浸れて元気になれるかもしれない。一応景色も、そこそこ良く、絶景ポイントもちゃんとあるし。モンスターは出るけど。

吹き荒れる赤砂の砂塵《さじん》に顔をしかめながら、折を見て深呼吸を繰り返していると。

「じゃあ約束通り、これからおまえに魔法の技を伝授してやろう」

「待ってましたぁ！　それで、今日は何を!?」

「相変わらず現金だなおまえは、さっきまでの調子悪いのはどこに行ったんだよ？」

「それくらい多少なら我慢できますよ！　だって新しい技ですよ？　新しい技！　僕のここでの楽しみの一つなんですよ！」

「まあ、確かに新しい技を覚えるのは、楽しいよな」

師匠はそう言って小さく笑い声を響かせる。

新しい技とは言ったが、師匠が教えてくれるのは単純に知らない呪文といったものではなく、魔力を使った裏技的なものや、技術の利用法などの、魔力に関わる術の活用法だ。

なんでも師匠曰《いわ》く「汎用魔法の呪文は自分で調べればだいたいわかるし、個別の属性魔法は同じ属性を持つ魔法使いに教えてもらうか、自分で作るかしかない。だから、汎用魔法を教え切ったわたしがこれから教えるのはそう言った技術になる」とのこと。

「アキラ。汎用魔法はいまどれだけ重ねて保持できる？」

「六つか七つ……ですかね？」

「そうか。まあ、それくらいできれば十分か」

汎用魔法とは、個別の属性魔法である雷の魔法ではなく、以前スクレールから奴隷の首《くび》枷《かせ》を外すときに使った『祓魔《ふつま》ディスペライ』などの誰でも使える魔法のことで、「重ねて保持」というのは、要はＲＰＧで言う補助系魔法の重ね掛けのことである。身体能力を強化する『強身《きょうしん》フィジカルブースト』、身体強度――いわゆる防御力を上げる『堅身《けんしん》ストロングマイト』、反応速度を上げる『専心《せんしん》コンセントレートトリアクト』、敏捷速度向上の『強《きょう》速《そく》ムービングアクセル』、周囲の事象確率に補正をかける『調律《ちょうりつ》チャンスオブサクセサー』

など、そういった補助を効果時間中にいくつ使えるかというものであり、単独潜行でもチーム潜行でも、迷宮探索には欠かせない技術とされる。

基本的には、三から四つ重ねられればかなりのものらしいのだけど、もちろんこのドS師匠がその程度で許すはずもなく、補助魔法を教えられるに当たり、常に補助魔法を使うとかいう頭のおかしな修行を強要され、その期間はどこぞの映画よろしく離陸前に殺されるかもと思うくらい死ぬほど疲れてるだった。師匠マジ悪魔。マジ鬼畜。

「おい、おまえいま失礼なこと考えてただろ?」

「そんなことないですよ、全然。師匠のことを心の中で悪魔とか鬼畜なんてちっとも考えてないです。考えてないですからやめてください。痛いです痛いですやめてほんとやめてごめんなさい!」

影の手を伸ばしてベアクローをしてくる師匠に、ほとんどノータイムで降参して土下座で謝る。

「じゃあ、今日はまた重ねがけに関する技ですか?」

「違うが、似ているな。今日は属性魔法の同時行使だ」

「え?　同時行使なんてできるんですか?」

「できる。要は汎用魔法の重ねがけと同じさ。単に負荷が強まるだけだ。もちろんその優位性はバカでなければわかるはずだな？　ちゃんと自分のものにして、お前の魔法の糧《かて》としろ。できるな？」

「やってみましょう」

「よし。じゃあ――」

師匠はそう言って正面に立ち、何かをやろうとしているような素振りを見せる。

そんな師匠に、

「……あの、いつも思うんですけど、あれ、やらなきゃならないんですか？」

「当たり前だ。あれは魔法使いが師から新たな技術を教わるときの儀式だからな」

師匠が『杖《つえ》を模した影』を斜め上に突き出す。それに、僕も手に持った杖を交差させるように打ち鳴らす。

「――では始める。これよりお前はまた一つ、魔法の高みに昇るのだ」

それは、師匠がこの儀式っぽいことをしたあと、必ず言う言葉だ。どことなく、これから行うことへの重みを感じさせるし、純粋にカッコイイと思う。

それゆえなのか、自然と彼女のことを師匠と呼んでしまうのだ。悔しいけど。

そんなこんなで、師匠との修行はいつものようにへとへとになるまで続けられた。

第6階層　冒険は正面ホールに帰るまでが冒険です

——それは、ガンダキア迷宮内【空中庭園《くうちゅう》】からの帰りのことだ。


オレはここで、これまでにない窮地に陥っていた。

目の前には、まるで山が横たわったかのような巨体がある。

この階層の準ボス級《クラス》に相当するモンスター『大猪豚《ビッグピッグ》』だ。

図体がデカいためそれほど機敏ではないが、その体重から繰り出される強力な力と圧力はバカにならない。さながら転がるように全体重をぶつけてくるその攻撃方法に圧し潰された冒険者《ダイバー》は数知れず。それから辛くも逃れても、上向きに伸びた二本の鋭い牙によって串刺しの憂き目にあう。

【空中庭園】のボスである『嵐帝《ストームレイド》』をギリギリで倒したのがマズかった。

まさか魔力も体力も尽きかけた状態で、準ボス級《クラス》のモンスターに遭遇しちまうとは。

「クソッ……こんな低階層の雑魚ボスにオレが負けるだと……」

痛みで足が止まった折、突然、大量の白い粘液を浴びせ掛けられた。

「うぐっ……!?　これって、コイツの……」

見えるのは、巨大なイチモツとタマだ。おそらくは、体液を浴びせかけてきたのだろう。

この『大猪豚《ビッグピッグ》』は自分の体液を放出して敵の動きを止めることで有名だが、まさかこんなものを掛けてくるとは思わなかった。

冒険者《ダイバー》をやっているがこれでも女の身だ。身体に走るおぞけは止まらない。

頭を突き刺すような異臭とひどい粘つきようで、身体が強張《こわば》って動かなくなった。

『大猪豚《ビッグピッグ》』が迫ってくる。

……これまで、モンスターに恐れを抱いたことはなかった。

だが、本能的な恐ろしさが緊張となって身体の自由を奪いにかかる。

そんなことをされるのは絶対にあり得ないと頭ではわかっているが、それでも。

「い、いやだ……」

『大猪豚《ビッグピッグ》』がさらに迫ってくる。普段ならこんなモンスターなど簡単に倒せるような相手であるのに、いまはどうしてとてつもなく恐ろしいものに見えてしまう。

怖くなって目を瞑ってしまった。そのときだ。

「――黙って。舌噛《か》むよ」

真上から、そんな声が降ってくる。その声を聞いて「え――？」と疑問の声を上げた直後。

「雷迅軌道《アメイシスオービット》！」

目を開けると、不思議な恰好をした少年に抱えられていた。

年の頃はオレと同じくらいで、見たこともない恰好をしている。普通は防具を揃《そろ》えていたり、ローブを着ていたりするものだが、それらとはまったく無縁の出で立ちだ。

突然現れたそいつは、オレを抱えたまま、とんでもない速度で移動する。言うことを素直に聞いていなければ、本当に舌を噛んでいただろう。安全圏まで離れ切ったあと、そいつはオレのことを地面に置き去りにして、ふたたび『大猪豚《ビッグピッグ》』のもとへと文字通り『飛行して』行った。

そしてそこから、神速の蹴りを放つ。一度、二度、三度。『大猪豚《ビッグピッグ》』の身体がまるで柔らかいボールのようにポンポンと弾《はじ》かれ、そこら辺を面白いように跳ねている。

やがて蹴りを打ち終わると、オレの横辺りにずざざっと滑るように着地。

『大猪豚《ビッグピッグ》』の動きが鈍ったところを見計らい、そいつは急激に魔力を高めた。

そして、

「魔法階梯第四位格《スペルオブフォース》、稲妻の跫音よ突き刺され《アメイシスボルト》！」

「なぁ――!?」

空から閃光《せんこう》が降り注ぎ、『大猪豚《ビッグビッグ》』に突き刺さる。

見たこともない魔法。しかも、第四位格級。冒険者《ダイバーズ》ギルドにも使える人間は数人といないほどの強力なものだ。

やがて気持ちが悪いブタのボスは、ピクリとも動かなくなった。

――そう、これがオレの初恋の始まりだった。

§

迷宮のちょうど帰り道のこと。

今日は稼ぎもちょっと少なかったし、どこかでもう少し稼いでから帰ろうかなどうしようかなって考えて、あちこちフラフラしていた。正直こういうの、あんまり推奨されないし、僕でも迂闊《うかつ》な動きだとは重々承知している。でも、安全を確保していると、ちょっとスケベ心が出ちゃったりするのだ。

よくない傾向だなぁと考えて、さて降り立ったのは迷宮深度18の【水没都市】だ。ここは階層の大半が水、水、水の水場階層だ。多少の陸地部分はあるけど、ちょっと進むとすぐに水面が見えてくるくらいに湖というか海な階層。そんでもって、そこに古代の街がまるっと水没してるって感じのところだ。巨大なダムっていうよりは、街が海面に沈んだ未来世界を思い浮かべてもらうのがモアベターかもしれないね。透き通った湖面の下に崩れた廃墟があって、水草わんさかお魚わんさか。そんな感じだ。

そして、ここにいるモンスターもなんていうか個性的な面々ばかりだ。

基本的に現代世界にいるような生物を巨大にしたものが多くて、なんとなくだけど既視感とか親近感が湧いてくる。配管工のおじさんをモデルにしたゲームシリーズ3番目の3面と4面を悪魔的に合体させたような感じである。

デカいだけの魚類とかなんて序の口だ。某南国ボーイに登場するタ○ノくんみたいな足の付いたお魚とかもいるくらいファンタジーが交じってる。

水の上を飛び石渡りなんてしようものなら、やっぱり配管工のおじさんが登場するゲームに出てくるたらこ唇の巨大な魚類よろしくぱっくりやられる未来が見えるほどだ。

中でもヤバいのはサメだろう。ここは時空がひどく歪《ゆが》んでいるみたいで、サメが空を飛んでやってくる。何言っているのかって？　僕も自分で何言ってるのかわかんないけどさ、実際そうなのだからしょうがないよ。この世界のサメは空を飛ぶ生き物なのだ。ほんと見てると頭バグってきそう。

陸地は陸地で、人間を一口でぱっくりいっちゃえるようなデカい食虫植物が闊歩《かっぽ》してるしさ。お前ら根っこはどうしたのかと小一時間問い詰めたい。歩くな植物的におかしいから。

まあ、でっかくなった虫とか虫とか虫とかいないないだけマシよ。毛虫とか蠅《はえ》とかGとか。蜘蛛《くも》？　蜘蛛はなんていうかでっかくなるとキモイっていうよりも怖いとかモノによってはかっこいいになるから保留。ムカデ？　あれがでっかくなるとなんていうか危機感だけが強くなる。怖すぎ。

ま、そんなこんなで歩いていると、女の子がデカい豚に迫られていたのを見かけた。迫られたって表現だと、告白現場を見たとかそんな風に感じる人もいるかもしれないけどそうじゃない。そもそも種族が違うし。

このモンスターさんのご正体は『大猪豚《ビッグビッグ》』だ。山みたいに巨大な身体をしたずんぐりむっくりの灰色で、下顎から牙が二つぴょーんと生えている。毛はふっさふさというかもっさもさ。ここでは中ボス扱いかな。ここのガチボスは生物じゃなくて現象だからまあこいつがボスって感覚でいいんだけども。

その豚はどうなったって？

決まってる。僕の数少ない必殺技であるイナズマキックを連続で打ち込んでから、第四位格級の魔法をある程度手加減してぶつけてぶっ倒した。

そんで、まあ成り行きで助けることになった子のこと。

この子がまあ、とても美人だった。スクレールがステータス可愛《かわい》い全振りならば、彼女は可愛いとかっこいいが半々でちょうどいい具合に釣り合っている。かっこよく振舞えば絵になるし、可愛く着飾れば愛らしいと思われ。

クセの強いハネッ毛の長いライトゴールドの髪で、目はわずかにつっているけど快活そうな色が見て取れる。

横にあるのはおそらく彼女の得物だろう。少女が持つには不釣り合いなごつい大剣が突き刺さっている。モン○ンかってくらいデカくてやたらと特徴的なデザインだ。

ともあれさっきの『大猪豚《ビッグビッグ》』さん、ここでは女性冒険者《ダイバー》が最も嫌うモンスターの一体だ。どこからとは言わないけど分泌される汁をぶっかけて対象の動きを止めるという、およそ二次元的夢《ドリーム》文庫にしか出てこないような攻撃をしてくる、女性に非常に危ないモンスターなのである。

そんで例に漏れずこの子もそんな目に遭わされて動けなくなっていたわけだ。

お値段が超お高そうな鎧《よろい》は口にも出したくないような汁まみれ、下に着込んだ紅の騎士

装束も汁まみれ。髪も顔も汁にまみれてぐちょぐちょの女の子というアダルティな感じ。っていうか真っ白過ぎてめちゃくちゃだ。

正直汚い汁には触りたくないけど、彼女を放っておくわけにはいかないので、手早く拭き拭きに取り掛かる。っていうか抱えて走ったときに付いたからもう今更なんだけども。

タオルと水を使って拭いていく。水はバケツレベルだ。以前の泥だらけ事件のこともあって念のために『虚空《こくう》ディメンジョンバッグ』に大量にストックしてあるので余裕だ。どばっといける。

「ふぎゅ……」

頭から水を掛けると、冷たかったらしく縮こまってしまった。

顔に掛かった汁を拭いて、拭いて拭いて拭いてだ。ほんと臭くてかなわない。つらみ。どうやら汁は鎧の中にまで入り込んでいるらしい。外せるところは外しつつバシャバシャ。さすがに服の中まではやってはいけないと思う次第なので、こちらは水を掛けて流すだけにしておいた。

あらかた洗い流し終わって次に取り出したのはドライヤーだ。コンセント部分を自分の身体にくっ付けて電気を流す。便利だ。練習のおかげで魔力があるだけ家電製品使い放題である。

あん？　人間発電機とか言うなし。自分でもそう思ってるけどさ。

ともあれ、女の子はだいぶ落ち着いたのか、申し訳なさそうにお礼の言葉を口にする。

「あ、ありがとう」

「いえいえ」

まだちょっと放心している感じの少女に笑顔で応じる。

おもらしのところは……見なかったことにしよう。こっちも怖いモンスターに出会ったときはほんと漏らしそうになったことあるので、人のことは言えないのだこれほんと切実に。すでにバケツの水をどっさりと掛けているため、事実は有耶無耶《うやむや》だ。完全犯罪ここに完了である。

「大丈夫？」

「ああ、うん……」

返答しにくそうな感じ。いや、そうだね。そりゃああんな気色悪いボスにあんなことされたら大丈夫ではなかろうよ。いまのはさすがに愚問だった。

「背中出して」

女の子はコクリと小さく頷《うなず》くと、僕に背中を向ける。

回復魔法をかけていく。っていうかかなりボロボロだ。体力も少ない。鎧の傷や怪我《けが》は

『大猪豚《ビッグビッグ》』程度では付けられるようなものじゃないため、おそらく深層で消耗したのだろう。騎士装束は大猪豚《ビッグビッグ》程にやられてビリビリしてるみたいなんだけど。

ちょっと破けているところはなるべく見ないように見ないようにってして、ぐへへ。

「あと、これ飲んで」

「これは？」

「栄養ドリンク。これ抜群に効くから」

そう、この世界の人間にはこういった清涼飲料水が特に利くのだ。なんか知らないけど、これ一本で超元気になる。効果が強いからあんまり他人に配りたくはないのだけれど、いまは仕方ないだろう。最近出た眠気覚ましの超強力版とか、愛飲者の腎臓や肝臓を破壊するモンスターとか飲んだらどうなるんだろうかとか興味あるけどさ。

女の子は栄養ドリンクを飲んだ途端、目をシパシパさせて、びっくりしたような表情を見せる。

汚れが落ちたこと、落ち着いて観察できる時間ができたことで気付いたんだけど、この子、ケモ耳と大きな尻尾がある。明るい小麦色をした尻尾と、側頭部あたりからぺたんと垂れた獣耳。異世界の一種族、緑弟神《りょくていしん》ジェイドの眷属である尻尾《しっぽ》族に違いない。

身体能力は人間よりもちょっと高いくらいだけど、他の種族に比べて、プライドが高いとか言われていたっけ。

白濁とした汚れをしっかり落としてドライヤーを掛けたおかげか、ふさふさ感がもとに戻ったようだ。

……それにしてもケモ耳と尻尾、ほんと触り心地がとても良さそうだ。

(あれ？　もしかしてこれ、ゴールデン・レトリバーの？)

見た目からして、完全にそれだった。身近な犬種の持つ特徴を持っていることに気付いて、僕はなんだかほっこり。ふさふさの長毛種ってどうしてこんなに可愛く見えるんだろうか。

「な、なんだよ、人のことジロジロ見て……」

「あ、いえ、尻尾の毛並みがすごく良さそうだから、つい」

「――!!」

僕の不用意な発言が琴線に触れたらしい。いやまあいい方のなんだけども。

僕の発言を聞いたケモ耳少女は前のめりになって捲《まく》し立ててくる。

「わかるか!!　オレの自慢の尻尾の良さが!!　そうだろそうだろ！　だって毎日手入れに時間をかけてるんだ！　尻尾だけじゃなくて耳も毎日手入れを欠かしてないんだぜ!?」

「そ、そうですよね。とても綺麗《きれい》ですし」

「わかってくれるか！」

「ひゃ、ひゃい！」

前のめりの圧がすごい。鼻と鼻がくっつきそう。

……そうだった。俗に尻尾族の人たちは、プライドが高いと言われているけど、厳密には、自分たちの尻尾の毛並みや耳のふわっふわなところに、大きな矜持《きょうじ》を持っているというのが正しいらしい。

それらが彼ら彼女らの自慢であるようで、初対面の自己紹介のときに、必ず尻尾の毛並みの良さや色ツヤなどのことも、話を途切れさせる勢いでぶっこんでくるらしい。手入れにどれくらい時間をかけるとか、櫛《くし》や油は何を使ってるだとか。聞いていないのに。

でも、彼女も褒められたのが嬉《うれ》しいんだろうね。耳を見せながら、尻尾がものすごい勢いでパタパタ振られている。

というか自慢話が止まらない。とどまるところを知らない。このまま放っておけばこの場で一日中自分のケモ耳と尻尾の自慢をしそうな勢いだ。

やがて、落ち着いたのを見計らって話しかける。

「珍しいですね。高ランクの冒険者《ダイバー》さんでしょ？　どうしてこんな階層のボスにやられてたんです？」

「その、な？　【空中庭園】のボスを狩ったんだが、ちょっと戦いがギリギリでさ……」

「あー、それで帰り道に運悪くボスに遭ってしまったと。これはシーカー先生にどやされる案件ですねー」

帰りの余力も確保しておけは、シーカー先生が口を酸っぱくして言うことだ。討伐対象を狩るだけでクエストクリアで自動帰還とはならないし、倒れてもネコが台車で運んでくれるわけもなし、ちゃんと自分の足で帰らないといけないのである。

冒険は正面大ホールに帰るまでが冒険なのだ。

っていうか僕普通に会話してるけど内心ではかなり驚いてる。

だってこの人、迷宮深度48とかいう頭のおかしなところに一人で潜って、そのうえそこのボスの『嵐帝《ストームレイド》』をソロで撃破とかヤベーすごいことをやってのけているのだ。僕と歳《とし》はそう変わらないのに、めちゃくちゃ強いんだろうね。高ランクってスゲー。きっとヒロちゃんくらい強いんだろうと推測するよ。

「つーか、オレが高ランクだってよくわかったな」

「そりゃそんなめちゃくちゃ高そうな装備してればわかりますって」

「あ、ああ、そうだな」

そう、彼女が身に着けている鎧が、それはもう高価なものだったのだ。迷宮でしか採れない特殊な迷宮鉱石を使ってあつらえた鎧一式。おそらくは金貨二百枚は下るまい。日本円にして二百万円相当だ。高校生の僕に扱える額じゃない。異世界であるため鎧などの需要は高くて、大量生産も利かないからこういったオーダーメイドが必要なものはほんと高い。マジ高い。領収書とか見たら目ン玉飛び出るよ。びよーんってギャグ漫画みたいにさ。いまはこびりついた汚れで目も当てられないけど。

会話に区切りがついた折、女の子は自己紹介を始める。

「お、オレの名前はエルドリッド。この通り剣士をやってる。冒険者《ダイバー》ランクは54位、レベルは48だ」

「わー！　百番台以下の人だったんですか！」

しかもレベル48とはヤベー高い。僕より十以上高い。っていうか迷宮深度と同レベル帯でソロで潜ってるとか強いを通り越して異常。やっぱりバケモンだ。僕の中でライオン丸先輩クラスに認定しておこう。

「僕の名前は九藤晶。アキラ・クドーですかね。さっき見た通り魔法使いです」

「見たことない魔法だったが？　あれは？」

「あ、僕、紫の魔法使いでして」

「紫ぃ!?　そんなの聞いたことないぞ!?　あ……いや、ないです」

エルドリッドさんの語調が大人しくなった。落ち着いたことで冷静さを取り戻し、丁寧になったのだろう。

「ああ、大丈夫。普段のしゃべり方でいいですから」

「そ、そうか……じゃあお前……クドーも普段話すように話してくれ」

「えっと、うん。わかった」

そんなわけで、僕もしゃべり方を普通にする。

「でも、そんな魔法使いもいるんだな。四色以外にあるのは知ってたけど」

「やっぱりいるんだ。僕も一人知ってるけど、他の人とか会ってみたいなー」

正直なところ、そう言った方々には会ってお話を聞いてみたい。

あくまでも師匠みたいなあくまじゃないことが前提なんだけども。

そんな話をしつつ、『大猪豚《ビッグビッグ》』（死体）に目を向けた。

「このモンスターなんだけど、どうしよっか？」

「それはクドーが倒したんだから、お前のものだ」

「もらっていいの？」

「オレは負けかけてたんだ。受け取る資格はない」

「じゃあ、お言葉に甘えてもらっちゃいまーす」

『大猪豚《ビッグピッグ》』。大猪とは付くけど要はブタのモンスターである。色んな人から嫌われてるけど、肉はとんでもなくうまいと評判だ。ギルドで解体してもらって、お肉だけいただくのがいいだろう。多少焦げてるけど中心部分は生肉のはずだ。使える使える。他の用途など知らない。バイ○グラとかやめろし食欲失せるわ。

そんなこんなで『大猪豚《ビッグピッグ》』を『虚空ディメンジョンバッグ』に放り込んだあと。

「じゃあ、帰ろっか。正面ホールまで送るよ」

「すまん。よろしく頼む……」

エルドリッドさんとの、帰り道となった。

§

オレは端っこに置いてあった荷物を回収したあと、クドーにサポートされながら無事に正面大ホールまで戻ることができた。

まさかあんな階層で死にかけるとは夢にも思わなかった。今後はよく気を付けなきゃな。

クドーにお礼をしたいと言ったんだが、「お助け料いちおくまんえんは請求しない主義なので」という理由で固辞されてしまった。よくわからないが気にするなということらしい。ここじゃそういうの請求する阿漕《あこぎ》な連中ばかりだってのに、まったく人の良いことだ。

クドーはオレを洗い場まで送ると、再び迷宮へと潜って行った。わざわざついてきてくれたのだろう。本当に頭が下がる思いだ。

身体を洗い終えて受付に向かう。

そこではオレの担当受付嬢のマーヤが手鏡を持って化粧を直していた。

オレが来たことに気付くと、すぐに化粧直しを終わらせて笑顔を向けてくる。

「エルドリッドさん、お帰りなさい。今日はどうでした？」

「言った通り『嵐帝《ストームレイド》』を倒してきたぜ」

「うわぁすごい！　【空中庭園】のボス級《クラス》をソロで倒せるなんてさすがですね！」

「担当的にもありがたいもんな」

「ほんとほんと！　あざーっす！」

目をキラキラさせたり、ノリノリのお礼を言ったりとなんだかんだ気楽に接してくれる。

その反面、オレの方は笑みを作り続ける力はなかった。

「いや、オレもまだだって思い知ったよ。今回は特にな……」

「そうなんです？」

「帰り道で油断して遭難しかけたんだ。ざまあねえ」

「うそっ!?　エルドリッドさんが!?　珍しい!?」

そんな不甲斐ない話を受付嬢に告白したあと、買取りの品などを受け付けてもらう。もちろん『嵐帝《ストームレイド》』の貴重な素材だ。

「その、さ。ちょっと聞きたいことがあるんだけど、いいか？」

「どうしました？」

「えっと、な。同業のことなんだけどさ」

「他の冒険者《ダイバー》さん？」

「あ、ああ……」

聞きたいのは、もちろんクドーのことだ。さっきはそのまま別れたが、やっぱり何かしら助けてもらったお礼をしてしかるべきだ。心当たりがあるかどうか聞こうとしているんだけど、なんていうかとんでもなく恥ずかしい。

するとと、受付のマーヤは何を察したのか、目をキラキラと輝かせた。

「あー！　恋ですか！　もしかして恋なんですかー！　エルドリッドさん、恋しちゃったんですかー！」

マーヤはそう言ってキャーキャー叫び始める。

……そういえばそうだ。自分の担当をするこの受付嬢は色恋の話に目がないのだった。

恋バナ好きの噂話《うわさばなし》好き、女の集まりに一人は必ずいるような典型的なタイプ。普段はとっつきやすく仕事もできるのだが、こういった部分が少し残念と言えるところだ。

まあ、だからと言って右隣の受付嬢のように物欲で情報を売ったり違反を黙認したりするようなヤツや、左隣の受付嬢のように眠いとか面倒だという理由で受付が適当なヤツも大概なんだが。ここ七番受付付近の受付嬢はベテランばかりが揃っているクセに、どいつもこいつもアクが強くてため息が出る。

「勘違いすんな。そんなんじゃねぇよ」

「でも、いま確かにそんな顔してましたよぉ……」

「違う」

バッサリ斬り捨てるが、マーヤのニヤニヤは止まらない。こちらが冒険者《ダイバー》でも、受付嬢としてベテランであるため多少圧力が入った程度の脅しにはびくともしないのだ。

やっぱりタチが悪い。

「で、誰なんです？　エルドリッドさんの恋のお相手っていうのは？」

「だからそんなんじゃねぇってさっきから言ってるだろうが！」

「はいはいわかりました。それで、エルドリッドさんが調べたい人の名前は？」

「そ、その、く、クドーってヤツなんだが」

「はいはいクドーくんクドーくんクドーくん。クドーくんって……あれ？　ちょっとアシュリー？　この子って確かアシュリーの担当よね？　あののほほんとした感じの男の子」

マーヤが忙《せわ》しなさそうに仕事をしていた隣の受付嬢を呼びつける。確か『集《たか》りの魔女』とかいうあだ名だったたか。

「んー？　クドーくん？　そうだよー。クドーくんがどうしたのー？」

「えっとねー、エルドリッドさんがクドーくんに恋しちゃったんだって」

「テメェこの色ボケ受付！　勝手なこと抜かすんじゃねぇ！」

怒鳴り付けるが、マーヤはどこ吹く風だ。

「えー、だって恋する乙女の顔してるし」

そんなことを言われた途端、ぼ、っと顔に火が付いたような気がした。

「えーほんと？　あのクドーくんに？　…………うん、なんていうか、うん」

一方で、受付嬢アシュレイ・ポニーはどこか煮え切らない感じだ。何かあるのか。

「その子の資料ある？」

「あるけど……規則はきちんとしてね。そのまま見せちゃだめよ」

「はいはいわかってるわかってる。ランクって？　……ありゃりゃ、3万台かぁ……これじゃあ釣り合わないよ」

「はぁ!?　さ、3万だって!?　あいつが!?」

「うん、そうなってるねー。登録も半年前だし、駆け出し冒険者《ダイバー》真っただ中って感じー」

「そんなバカな!!」

「違うの？」

「当たり前だ！　あいつは第四位格級の魔法を使えるんだぞ!?」

「は？　え？　何それ？」

マーヤは困惑している。そりゃあ当たり前だ。第四位格級の魔法なんて駆け出しや野良の魔法使いがポンポン使えるようなものじゃない。それこそ戦争の勝敗も左右するほどの威力が出せるのだ。『大猪豚《ビッグビッグ》』に対してはかなり威力を落として使ったようだが、本来はもっとすさまじい威力を発揮するはずだ。

アシュレイ・ポニーを見る。彼女も気まずそうに頷いた。

だが、そうなるとだ――

「おい隣の受付！　どういうことだ!?　あいつが低ランクだと!?」

「ひょい!?　わわわわ私が不正してるわけじゃないわよ！　クドーくんが！　クドーくんがランクアップしたくないって言うから、そのままなだけで！」

「う？　うん？　そ、そうなのか……？　すまん」

「心臓止まりそうになったよう……クドーくん恨むからね……」

怒鳴って殺気を出してしまったせいで、受付は涙目だ。ついつい、早とちりで悪いことをした。すまん。心の中でも謝っておく。

「えっとアシュリー？　第四位格級魔法って……その子レベルいくつなの？」

「33よ。もちろんきちんとした実績もあるわ。魔法使いのソロで【暗闇回廊《くらやみかいろう》】【屎泥《しでい》の沼《ぬ》田場《たば》】の踏破及びボス級《クラス》撃破もしてるしね」

「ふごっ⁉　なにそれっ⁉　え？　なにそれなんでそれで私知らないのその子のこと⁉　ほえええええええ⁉」

突然マーヤがおかしな声を出して、錯乱する。まあ、それも当然だろう。受付嬢として、強力な冒険者《ダイバー》のことは担当しているしていないにかかわらず、きちんと把握しておかなければならないからだ。

「魔法使いのソロでそれはすげえな……」

「そうなのよねー。すごいのよ。すごいんだけど……」

アシュレイ・ポニーは、にこにこしていたのだが、すぐに頭を抱え出す。その仕草で、まあ、察することはできるな。受付嬢としてランキングを上げろと口うるさく言っているはずだが、クドーがそれを聞かないことに頭を悩ませているのだろう。

マーヤはそれを代弁するように、眉をひそめる。

「それでなんで低ランクなのよおかしいでしょ……？　ネームドになって有名になっててもおかしくないわよ？　普通に二百台とか場合によっちゃ百台でしょ？」

「わかんない。あの子、基本的に迷宮に遊びに来てるクチだから」

「……遊びに来てるって」

「ウチのオヤジみたいなヤツだな……」

オヤジもそうだ。一人で散歩がてらに深いところに行く。まあ、それに付き合わされたおかげで、オレもそれなりに強くなったわけだけどな。

だけどそうか。そういうヤツなのか……。

そんな風に、オレが一人考え込んでいる中、

「……でも、ふふふ。あのクドーくんがかぁ。これは面白いことになりそう」

「えー、なになに？　なんかあるの？」

「うんうん。前に仲良くなった子がいたから、これはドキドキドロドロな展開があるかもしれないわ」

「ほんと!?　キャー！」

……不良受付嬢共のひそひそ話は、聞こえなかった。

第7階層
ポーションは作れますか？　いいえ……はい、嘘です作れます

迷宮に潜ろうと受付に顔を出したある日のこと、アシュレイさんが猫なで声で話しかけてきた。

ははーんこれはあれだアシュレイさんの病気である『おねだり』だなー、正直面倒だなー、と予想しつつ、すまし顔で武装していると。

「ねぇクドーくん」

「なんですアシュレイさん。ブランド物のバッグが欲しいなら他を当たってください」

「そうじゃなくて」

「じゃあお高いお洋服ですか？　彼氏でも作って買ってもらえばいいじゃないですか？アシュレイさんなら彼氏の一人や二人や三人や四人くらい余裕でしょ？」

「違うの、そうじゃないのよ」

「違うんですか？　えーとあとアシュレイさんが欲しがりそうなものっていったら――でっかい宝石の付いたアクセサリーとか？」

「いい加減私の話を聞いて。……というか私ってそんなに物欲まみれの女に見える？」

「見えるも何もそうでしょう？　ギルド受付の『集《たか》りの魔女』って言えばアシュレイさんってことで有名ですよ？　僕としては集りだと語呂が悪いから無心の方がいいし、言葉だけはかっこいいなーとか個人的に思ってるんですけど――」

「どこの誰だそんな不名誉なあだ名つけたのはゴルァ！　出て来い！　今すぐ出て来いやぁ！」

猫なで声を出して顔色良くしていたアシュレイさんが、一転、『醜面悪鬼《オーク》』もかくやというような鬼の形相になって騒ぎ出す。見れば両隣にいる、恋バナが大好きな同僚受付嬢といつも眠そうでやる気のない同僚受付嬢が視線を露骨にそらし始めた。やっぱり出所は同僚だったらしい。まあ、気持ちはわからないでもないけれど。

やがてアシュレイさんが落ち着いたのを見計らって、訊《たず》ねる。

「それで、今日は一体どうしたんです？」

「……あのね。クドーくんって、ポーション作れるわよね？」

「いえ無理ですよ？」

「そんなキョトンとした顔で嘘《うそ》つかなくていいから」

「やだなぁポーションなんて不思議飲料僕が作れるわけないじゃないですかー」

そう言ったのだけれど、僕の演技力ではアシュレイさんを騙《だま》すことはできなかったらしい。気味の悪い満面の笑みで迫ってくる。

「……クドーくん？　お姉さん正直に答えて欲しいな？」

「はい作れます作れます。……これでいいですか？」

「なんで隠そうとするかなー君は」

「だってポーション作れることを知られたら絶対作れって言われるじゃないですか」

「まあそう思うかもしれないけどねー」

思うかもしれないけど、何なのか。結局作ってくれということではないのだろうか。

この世界、ポーションというものは結構な貴重品であったりする。当たり前だ。飲めば傷が治るとか、外科医を路頭に迷わせる恐れのあるびっくり効果を持っているのだ。ゲームの回復薬よろしく、飲むだけで体力の回復はおろか外傷までも治ってしまうという意味不明な液体飲み薬、それがポーション。

異世界ド・メルタ不思議代表の師匠曰《いわ》く「要はあれも魔法と同じだ。怪我《けが》をした人間と回復した人間の間に橋渡しをする存在のようなものだ」とのこと。その理屈が通るなら、なんでもかんでもそんな理屈でまかなえてしまいそうだけど、異世界イコール不思議ということで深く考えないようにしている。

そりゃあそんな物ならみんな欲しがるし、生傷の絶えない冒険者《ダイバー》にはいくらあっても足りない必須アイテムだろう。

そしてそれを作れるとなれば、もちろん作って欲しいと言われるのは想像するに難くない。しかもある程度数を用意してくれということも。いつも需要と供給が合っていない品なのだ。誰も彼も欲しがるのは当たり前のことだろう。

だけど、ポーションを作るのにだって時間が必要なのだ。いまの僕にそんな時間は捻出できない。そんなことに時間を使っていれば、まず間違いなく迷宮で冒険ができなくなる。

「で、話がそれなんだけどね」

「作りませんよ。時間ないですから」

「沢山作ってくれってわけじゃないの。ほら、前に交換してくれたあの、黄金色のポーションヨン、あれのことでね」

「黄金？　あー、あれですかー」

アシュレイさんが言っているのは、冒険者《ダイバーズ》ギルドで売っている普通のポーション（銀貨三枚）に、向こうの世界の栄養ドリンクを混ぜたポーションのことだ。

回復魔法を教えられるに当たって、師匠からポーションの作り方を教えてもらったのだけど、それがきっかけで一時期ポーション作りにやたらハマったことがある。

そのとき試行錯誤して作った余り物を、アシュレイさんを通してギルドに格安で売り渡したのだが、その中にあったのがその黄金色のポーションなのである。

この前の、エルドリッドさんのときよろしく、栄養ドリンクとかお薬とか、この世界の人にはやたら効果がある。その例に漏れず、そのポーションも滅茶苦茶効果があるのだ。その効果の程は、金貨五枚相当はするハイグレードポーションに迫る勢いだ。

だけど——

「なんていうか【大森林遺跡《だいしんりんいせき》】でむしったあの草で作った薬がそんなすごいものだってのが解《げ》せないいんだよなぁ……」

「薬草《テア》のこと草って言わない」

「草は草でしょうに。なんかここの人ってみんなあれを神聖視してますよね」

「薬草《テア》は黄兄神《おうけいしん》トーパーズの慈悲——って呼ばれるこの世の奇跡よ？　神聖視もなにも神聖なの」

「あー、神様が人のために作ったものだったんですか」

「そうよ。クドーくんも使ってるんだから、ちゃんと感謝しなさい。サラダの野菜を草って言う子たちと同じレベルよそれ」

確かにそれなら感謝の心を持った方がいいだろう。神様が労を取って人間のためにこさえたのだ。だけど、やっぱり草は草だと思う。そこは譲れないね。

「それで、クドーくんが交換してくれたあれ、すごい効果だから欲しいって人がいっぱいいて」

「あれ、そんなに量渡してないはずですけど……」

「小分けにしたのよ。それでも効果十分だし」

「あの……まさか僕が作ったって話、してないですよね？」

「それは大丈夫だから心配しないで。ていうかそんなこと言ってたら、クドーくん大変なことになってるわよ？」

「ですよねー」

そんなに好評なら、僕は今頃ポーションが欲しい冒険者《ダイバー》や、転売目当ての商人に殺到されて泡を食っているだろう。だけど――

「そんなに人気なんですか？」

「なんか効くらしいのよねー。普通のポーションは回復するだけだけど、クドーくんのは一時的に能力の底上げが見込めるんだって」

「あー」

そこは混ぜた栄養ドリンクの効果なのだろう。ただの一時的なドーピングというのはちゃんと理解して欲しいのだが。これがいまいち伝わっているかどうか不安だ。現代の人間だって栄養ドリンクを元気の前借りだとちゃんと認識していないっぽい人々とかいるし。

「これ、使った人の声ね」

「使った人の声？」

不思議そうな顔をしていると、アシュレイさんは数枚のメモを渡してくる。

それを見ると、

――ゴールドポーションをボス級《クラス》と戦う前に使ったおかげで、ボス級《クラス》を簡単に倒すことができました。作られた方には本当に感謝しています。

――ゴールドポーションのおかげで死にかけた仲間が息を吹き返しました。ゴールドポーションを作った方には感謝してもしきれません。本当にありがとうございます。

――ゴールドポーションを使ってから、朝日を覚ますと身体中に力が満ち溢れ、一日を健康に過ごせるようになりました。いまはゴールドポーションが手放せなくなっています。

――ゴールドポーションを使ったおかげで彼女ができました。賭け事にも勝って、いまはとても幸せです。

――いただいたゴールドポーションを使用した翌朝、どっさり出すことができました。長年の悩みが解消し、いまは晴れやかな気分です。

後半につれ、どこかおかしくなっている気がしないでもない。

「ど、どこの通販の商品の感想なんですかねこれ……っていうかあのポーションの効果と全然関係ないものまである気が……」

「フィーリングよフィーリング。まだまだあるわよ」

何がフィーリングなのか。そんなことを言いつつも、アシュレイさんはどっさりと使用者の感想が書かれた紙束を寄こしてくる。どれだけあるんだこれ。

「あの……なんか渡した量と感想の比率が釣り合ってないんですけど、しかもゴールドポーションって名前……」

「小分けにして売ったってさっき言ったでしょ？　少量でもよく効くから。名前の方は何かないといけないし適当に付けたって。ギルドマスターが」

「センスを疑いますね」

「それは同意するわ」

ともあれ、一体どれだけ少量に分けて量り売りにしたのか。詐欺を疑いたくなるレベルである。

「なんでもいまじゃ、幻のポーションってことで高位ランカーたちの噂《うわさ》の的よ？　出回った最後の分が高騰して、時価で金貨二十枚……うふふ、うふふふふ」

金貨二十枚というのを想像して、金の亡者《アシュレイさん》は不気味な笑い声を上げている。相変わらずお金大好きらしい。

それにしても、

「金貨二十枚かぁ……」

以前スクレールの首枷《くびかせ》を解くために使ったハイグレードマジックポーション×4がそのくらいのお値段だ。マジックポーションに関しては製法が秘匿《ひとく》されているらしく、僕は作れないんだけど。

「だって、飲んだだけで体力とか元気とか力とか頑丈さとかが一気にブーストされるって話よ？　そりゃあ高くもなるって話」

「あれ？　そう言えばそういった補助効果のあるポーションって他にないんですか？」

「あるわけないでしょ？　ポーションは怪我を治すためのお薬よ？　というかもとが薬草《テア》なのにどうしてクドーくんのはそんな効果が出るのよ？」

「まあ、色々混ぜたから、ですかね？」

視線を逸《そ》らしながら、曖昧な表情で曖昧な答えを返すと、アシュレイさんは誘うような流し目を向けてきて、

「ねえねえ、ちょっと作ってお姉さんに預けてみない？　どう？」

「なんですかそのギャンブル大好きなろくでなしみたいな言い回しは。十倍にして返すとか言うつもりですか？　そういうのはシーカー先生だけで十分だと思いますけど」

「やだなぁそんな冷たいこと言わないでよ。私とクドーくんの仲じゃない？　ね？」

「……横流しですか？」

「そそそ、そんなことしないわよ！　わわわわわ私をみくびらないで！　くくくクドーくん！」

「どんだけ動揺してるんですか……」

目は泳ぎまくり、声は裏返りまくり、アシュレイさんの取り乱し加減に呆《あき》れていると、

「まあ、あわよくば取引できたことで出るボーナスを期待してるっていうかー、そういうのはあるんだけどー」

「やっぱり下心アリと」

「いけない!?　下心あるのがそんなにいけないこと!?」

「い、いけなくはないですけど……」

「じゃあ交換して！　交換してよ！」

「でもなぁ……」

アシュレイさんは半分キレ気味に交換してと言うが、こっちも快く交換に応じれるほど手持ちが大量にあるわけではない。むしろ自分の使う分しかないのだ。正直なところ、バカスカ放出したくはない。

すると、

「あー私ー、すごく口が軽くなりそーだなー。交換してくれないとクドーくんがポーション作れる有能な人材で使い潰しても良さそうだってこといろんな人に話しちゃいそうだなー」

「僕を脅す気ですか？　そもそもバラしたら二度とアシュレイさんは僕のポーションでボーナス査定の恩恵を受けられなくなると思うんですけど……」

「あ！　うそうそ私の口はすごく固いって評判だから！　お願い、私を助けると思って！」

すごい手のひらくるくるーだ。しかも何を助けろと言うのか。アシュレイさんの懐具合を助けても、僕には何の恩恵もないのだけど。

しかし、アシュレイさんは引きそうにない。じーっと見つめて来たり、祈るように手を胸の前で組んだり、瞳を潤ませたりと、百面相。

「あの、普通に受付を」

「君がうんと言うまで受付をしないのをやめない！」

「意味不明」

「理解しなさいよ」

「……わかりました。ちょっとだけですよ」

「やた！　ありがとう！　すぐにギルドマスターに報告するから」

アシュレイさんはそう言って、飛んで行かんばかりにギルドの奥の部屋へとダッシュしていった。僕の受付は後回しなのかと、ため息が尽きないが……まあ、ポーションについては少量でも、出せば文句はないだろう。出せば。

しかし珍しいこともある。アシュレイさんがここまで粘ったこともいまだかつてないのではなかろうか。迷宮探索ノートに貼り付けた写真や時計やらを油断して見せてしまったときも、ここまでは食い下がらなかったのに。

これは何か裏があるのではないか。

やがて、アシュレイさんがホクホク顔で戻って来る。あれは交渉成功のボーナス出たな。絶対。むしろ出せって言って逆に脅したまである。

「ありがとうクドーくん。ギルドマスター喜んでたわよ」

「アシュレイさんもね」

「もちよ」

「でも、ポーションなんかでギルドマスターがそこまで喜ぶものなんですかね?」

「いまのギルドマスターは前の人と違って、素材ノルマ重視じゃなくて、冒険者《ダイバー》に安全に迷宮に潜って欲しいタイプの人だからね。冒険者《ダイバー》の助けになるようなことは、ギルドマスターとしても重要なのよ。ゴールドポーションは目に見えて大きな効果を出してるし」

「アシュレイさん、圧力かけられたと」

「そうそ……って、クドーくん」

「やっぱりね。そうなんじゃないかと思いました」

「あはは……うん、まあそういうことなのよ。他の冒険者《ダイバー》から突き上げくらったらしくて、今回の件はどーしても取りまとめてくれって言われて」

「組織の人間の大変なところを垣間《かいま》見た気がした」

「ほんとよ……これでも結構苦労してるのよ？」

「では僕のためにもっと苦労してください」

「…………ちょっとひどくない？」

僕が拝むようなポーズを見せると、アシュレイさんは結構マジっぽい声を出す。だが仕方ない。僕のために犠牲になっていただきます。

「あ、あと、はいこれ、ポーションマイスター証明のカード」

アシュレイさんはそう言って、顔写真の付いていない免許証のようなものを手渡してきた。

「ポーションマイスターって役職があるんですか？」

「それはそうよ。モグリが作ったポーション売って問題起こしたらことでしょ？　普通はポーション専門のギルドが調合師の免許を発行して、それを持ってるマイスターから買い付けして安全と信用を得ているの」

「じゃあどうしてこれを冒険者《ダイバーズ》ギルドが発行しているんです？」

「フリーダのポーションギルドは冒険者《ダイバーズ》ギルドに吸収されてるのよ。ここじゃ一番ポーションを買い付けるのが冒険者《ダイバーズ》ギルドだから」

「なるほど、統合しちゃえば手っ取り早いと」

利権争いがどうなったかは気になるところだけど、話が長くなりそうだし、僕には興味ない話なので聞いても意味はないだろう。

アシュレイさんが、渡してきたカードを指さして、

「それ、ギルドマスターのサイン入りで、特級マイスターの称号だから」

「特級？」

「つまり、最高位ってこと」

「いや、僕が最高位ってそんなバカな」

「だってそんなすごいの作れるのよ？　他のマイスターはこんなの作れる人だーれもいないし」

そりゃあ原料である栄養ドリンクを手に入れることができないのだから当たり前だ。

それに、最高位とかいう大それた称号がそぐわない理由はまだある。

「さっきも言いましたけど、僕のはポーションは最初から自分で作ってるわけじゃなくて、ギルドで売ってるポーションを原料にしてるんですよ」

「そうなの？　でも、そこからまた調合はしてるんでしょ？」

「まあ、一応はそうなんですけど……」

確かにポーションと栄養ドリンクをミリリットル単位で計って混ぜているため、キッチ

リ調合しているといえなくもない。そして、ポーションには他のものを混ぜてもちゃんと混ざらないという特性があるため、うまく混ざるように魔法を使って混合できるようにしているから、作業しているというのも嘘ではない。

これももちろん師匠のアドバイスあっての成果だけど。

「それがちゃんとできてるってことは、マイスターの資格有りよ。きっと」

「きっとって……」

「だって私ポーションに関しては素人だしー」

アシュレイさんはそう言って、カードにうらやましそうな視線を向ける。

「はーあ、これさえあればすぐにお金持ちになれるわねー。ねえ、ときにクドーくん？　私を養わない？」

「お金目当てじゃなけりゃ魅力的なお話ですけど、お断りします」

「えー、ケチー」

「……そういうところが集りの魔女の所以《ゆえん》になってるんですよ？　わかってます？」

「きこえないきこえなーい」

耳に痛いことは聞きたくないらしい。耳をふさいで現実逃避をするアシュレイさん。

そんなこんなで、今日から僕もポーションマイスターになったのだが——

「あとでポーション買取の交渉するから、そのときまたよろしくね」

「はいはい」

返事は適当だが、交渉のときは頑張らなければならないだろう。金銭的なものではなく、主に迷宮に潜るための時間を確保するために。

第8階層　つきまといはやめてください犯罪です

　僕がここ、異世界ド・メルタに最初に来たのは……そうだね、だいたい半年前くらいかな。

　クラスのオカルト研究部に所属する友達が都市伝説のデータを集めて計上したいとかで、人数が揃《そろ》わないからぜひ協力してくれと頼まれて、ネットによく書かれている『異世界に行く方法』をいくつか試したんだけど――その一つがまさか成功してしまったのが、僕がここ『異世界ド・メルタの都市フリーダ』で冒険者《ダイバー》になった原因だ。

　そのあとは、みんなの憧れライオン丸先輩と知り合ったり、フリーダダメ人間代表の迷宮ガイド、シーカー先生から迷宮探索のイロハを教わったり、二十年越しに登場した恐怖の大王であるドS鬼畜魔法使いリーゼ師匠と出会ったりと大イベントがいくつかあったわけだけど、基本、師匠のお願いや魔法の勉強、レベル上げに伴う迷宮踏破などに忙しかったせいで積極的に人と関わり合ってはいないため、この世界で知り合いらしい知り合いというのは結構少なかったりする。

スクレールや、エルドリッドさんとは最近知り合ったばかりだし、あとは受付がお隣同士のミゲル。友人カテゴリー外の知り合いを挙げるなら、担当受付のアシュレイさん、師匠に、ライオン丸先輩とシーカー先生、たぶんそのくらいのものだろう。あとはまあ何人かちらほらいるけど、そこまで親しくないのが実情だ。

「クドーアキラ！」

そろそろこの世界の友達もっと増やそうかなーと漠然と考えながら、いつものように正面大ホールのテーブル席に座っていると、どこからか僕を呼ぶ声が聞こえてくる。幻聴だろうか。そこまで知り合いが多くないため、声が覚えと合致しない。

「おい、聞いてるのか!?」

声の主はかなりご立腹らしい。無視されたと思ったのかもしれないけど、こっちも「知らない人とはお話ししちゃいけません」と小学校のときに習った身。そう簡単に振り向いてあげる気もなく――

「おい！」

「…………」

「おいって！」

「…………」

「おいってば……！」

返事をしないでいると、だんだん声に寂しさがにじんできた。さすがにそろそろ可哀そうになってきたので振り向くと、そこには白いローブを身にまとい、先端に翡翠《ひすい》をあしらった杖《つえ》を持った緑髪の少年がいた。

年のころは僕とだいたい同じくらい。目はくりくりとしていて、小動物とか、可愛《かわい》い系の少年とか言われそうな顔立ちをしている。肉食系のお姉さんが放っておかないタイプだ。

さて、そんな彼に見覚えがあるかどうかと言えば、

「……えっと、どちらさまでしたっけ？」

「いい加減に覚えろ！　ぼくの名前はリッキー・ルディアノだ！　リッキー・ルディアノ！」

「いい加減もなにも、君とはそんなに関わり合いになった覚えはないんだけどなー」

「ここで顔合わせたり、一緒に迷宮に探索に出たり、何回かしてるじゃないか！　普通はそれで覚えるものだろ！」

僕は「そうだっけ？」と言って、適当にとぼけておいた。ちょっと冷たい対応かもしれないけど、僕が彼のことをちょっと煙たがっているのには理由がある。

なにせ、

「クドーアキラ！　ぼくと魔法で尋常《じんじょう》に勝負しろ！」

「…………」

そう、会った途端、いつもこれなのだ。何故か彼、風を操る『緑の魔法使い』リッキーは、僕のことをやたらライバル視しているのである。僕は魔法で勝負なんて物騒なことしたくはないから毎度毎度断ったり、のらりくらりとかわしたり、一目散に逃げたりしているのだけれど、彼はそれでは気が済まないのか、顔を合わせれば必ずこうして勝負を挑んでくるのだ。

嫌がっているのに、こうもしつこくされると、さすがに鬱陶《うっとう》しくなっても仕方ないだろう。さっきの冷たい態度もこの言い分を聞けば許されるはずだ。そうに違いない。

「クドーアキラ！　返事は!?」

「だからいつも言っているように、答えは否《ノー》。僕はそんなことしたくありません」

「どうしてだ!?　魔法使いにとって魔法の決闘は、自分の力を試す絶好の機会であって、いわば宿命みたいなものだぞ!?　どうして断る!?」

そんなもの、

「痛いのが嫌だから」

これに尽きるのである。なのに、

「真面目に答えろ！　いつもいつも嘘《うそ》をついて煙《けむ》に巻いて……」

「いや、ほんとだし」

「それが本当だったら好き好んで迷宮になんて潜るわけないだろうが!?　バカにしているのか!?」

「えぇ……」

　マジもマジに百パーセント事実なんだけど、リッキーは何故か信じてくれない。まずどうして「迷宮に潜る」＝「痛い思いをする」なのだろうかと僕は思う。迷宮はちゃんと準備さえすれば無傷で潜れる場所なのだ。その証拠に魔法を一切使わず、道具や薬品のみ縛りをして潜ったこともあるくらいだ。なんだかんだ縛りプレイ大好きなんだよね。あ、縛られるプレイは嫌です誰にとは言いませんけどもう二度とやられたくないです。

「……ねぇリッキーさー、なんでそんなに僕にこだわるのさ？」

「ぼくはフリーダ最強の魔法使いを目指しているんだ！　それにはまず、お前を倒さなければならない！」

　それで僕を最初の関門に据えたのか。まあ魔法使い初心者である僕ならば、ちょうどいい相手なのかもしれないけれど、嫌がっているんだから他の誰かにすればいいのに。フリーダには他にも魔法使いが結構いるんだから、魔法使いとして名を揚げたいなら有名な魔法使いと決闘を行えばいいだけだ。まず僕にこだわる理由がわからない。

「だから、尋常にぼくと勝負しろ！」

「だからやなんだってばー」

「なんでお前はいつもそんなにやる気がないんだ!?」

机に顎を乗せて、だらけた様子で断ると、リッキーは元気に地団太《じだんだ》を踏み始める。思い通りにならないことがよほど腹に据えかねるのか。だけど思い通りにならないのは僕だって同じだ。

こうなったらもう、どちらかが譲歩するまで教皇選挙とはまったく微塵《みじん》も関係ない根競《こんくら》べをするしかないのである。

……まあリッキーは別に悪い子じゃないんだよ。むしろ良い子なんだけど、なんていうか非常に融通が利かない子なのだ。真面目っ子なんです。

一歩も引かないリッキーの応対に困って辟易《へきえき》していると、ギルドの入り口から見知った人物が現れる。

スリットの入った民族衣装を身にまとった、耳の長い少女。ちょっと前に迷宮で助けた耳長族の女の子、スクレールだった。

スクレールも椅子に座っている僕を見つけたらしく、一度耳をピコンと跳ねさせると、ウサギのようにぴょこぴょこと跳ねるように軽快に歩いてくる。

「アキラ、いまから？」

「あ、うん。これから経験値稼《スコア》ぎにちょっとね」

「そう。私も一緒に行ってあげてもいいけど」

彼女は隣に来ると、ちょっとすまし顔で、ぶっきらぼうに言ってくる。あいかわらず不思議な言い回しだ。素直ではないというか、なんというか。

「じゃあ行こっか」

「うん」

でもちゃんと二言目には素直に頷《うなず》いてくれる。一体なんなのか。

スクレールが手を握ってくる。

「あの、これは」

「一緒に行くから」

「いや、でも」

「……嫌？」

スクレールはちょっと引っ付き気味に訴えかけるような上目遣いをしてくる。

「嫌じゃないです！　全然嫌じゃないです！」

「ならいい」

「えっと、はい……」

なんとも気恥しいやらである。

そんな風に迷宮探索の話がまとまると、スクレールはなにかに気付いたのか、僕の正面を向いた。

「そっちの人間は？」

「知らない人だよ」

「そう」

スクレールが頷くのを確認して、椅子から立ち上がり、バッグを背負う。一方リッキーは一連の会話についていけずに、その場で固まっていた。いまのうちにと、スクレールと共に迷宮の入り口に向かおうとすると、固まっていたリッキーが時間を取り戻し、

「おいぃぃいいいい!?　お前何が知らない人だよ!?　さっきまで話してたろ!?」

「あ、やっぱりダメ？」

「当たり前だろ！　バカにしているのか！」

てへっと舌を出して悪びれたらリッキーは余計怒った。やっぱりこれは可愛い女の子じゃないとしてはいけない仕草らしい。

「アキラ、ほんとは知り合い？」

「まあ、一応ね」

「魔法使い？」

「そう。緑の魔法使いだって」

答えると、スクレールは「風使い……」と呟《つぶや》く。繰り返すけど、緑の魔法使いは緑弟神《りょくていしん》ジェイドの加護を持った風の魔法の使い手である。汎用性の高い属性で、迷宮探索においては青の魔法使いと並んで重宝される傾向にある。ほんと便利。一家に一人いて欲しいくらい。

「あ、そう言えばリッキーなんかこの前どこかの魔法学園主席卒業だって自慢してたよね？」

思い出して訊《たず》ねると、スクレールが少しばかり驚いたような顔をして、

「……メルエム魔法学園の首席？」

「あれ？　スクレ、知ってるの？」

知っているらしいスクレールに訊ねると、今度はリッキーが得意そうに口を開いた。

「当然さ！　メルエム魔法学園は魔法を教える機関の中でも世界最高峰と言われているところなんだぞ！　誰だって知ってる！」

「へー（はなほじ）」

「どうしてお前はそんなに反応が薄いんだ……」

だってあまり興味ないんだもん。仕方ないじゃん。東大卒とか言われたらスッゲーとかなるけどさ、現代人の僕が魔法学園卒業とか聞いてもすごいのかすごくないのかいまいちピンとこない。まあ主席卒業は確かにすごいことだろうけどさ。

するとスクレールが不思議そうに小首を傾《かし》げ、

「学園卒業の秀才と、なにかあったの？」

「前にリッキーが僕に勝負を吹っかけてきてたみたいでね。倒した……というか撃退したんだよ」

「ふぅん」

僕の妙な言い回しのせいか、スクレールは不思議そうな声を出す。だってしょうがない。最初の彼との因縁なんて、僕はほとんど覚えていないのだ。確か覚えている限りあのときは、師匠にしこたましごかれて、ほうほうの体、朦朧《もうろう》とした意識の中で帰還している途上のこと。なんか後ろで勝手に喚《わめ》き出して追いかけてきたのを、モンスターか何かと勘違いして変質者撃退スプレーで撃退して一目散に逃げたのだ。気にしている余裕はなかった。僕は悪くない。

とまあそんなわけで、それからずっとこれなのである。うん、理不尽。

「クドーアキラ！　ぼくはアレを負けだとは認めないぞ！　アレは君が逃げるふりをして、ぼくを罠に嵌《は》めたんだ！」

「じゃあ認めないままでいいじゃん。無理に勝負する必要なんかないでしょ？」

「そ、それはそうかもしれないけど……」

「そうだよね。はい、僕の負け……じゃ、僕らもう行くから」

「そうか、うんわかっ……って、待て待て待て！　丸め込んで逃げようとしてもそうはいかないぞ！」

「あーおしい。いま頷きかけたのにー」

「うるさい！　いいから待て！」

「待てません。僕迷宮に行きたいし、スクレ待ってるし」

「じゃあぼくもついて行く！」

「えー」

そんなこんなで、今日は三人で潜ることになった。

多人数で迷宮に潜る際、やっぱり編成というか役割というか、各個人のポジショニングというのは、とても重要なものとなる。

前衛は近距離戦闘ができることが必須であるため、剣士など格闘能力に長けた者が担うことになるし、前線を後退させないように敵を押しとどめる守りの役は、鎧《よろい》や大盾などを装備した重装の冒険者《ダイバー》が配置されるのが一般的だ。

後衛の仕事は、たいがい前衛支援か後方警戒の二つに分かれ、迷宮探索ではどちらも重視されている。前衛支援は言葉通り、投擲《とうてき》や弓矢など遠距離攻撃で正面を支える前衛の援護をしたり、魔法使いが攻撃魔法や汎用魔法での補助を行ったりするというのが当てはまるだろう。後方警戒は探索において最も重要と言えるものだが、現在僕たちのパーティーにはそれに長けた人間がいないので、割愛する。

三人で迷宮に潜ることにした僕たちの編成は至極単純だ。拳を用いて戦うスクレールが前衛で、魔法使いである僕とリッキーが後方で各種支援、攻撃魔法を用い、援護するというったものとなる。

三人中二人が魔法使いというのは贅沢《ぜいたく》なことだけれど、それに引けを取らない活躍が、僕の目の前で繰り広げられている。

拳を頼みに戦うスタイルのスクレールに相対するのは、ここ第2ルートは迷宮深度20【黄壁遺構《おうへきいこう》】に住み着く『蜥蜴皮《リザードスキン》』。漫画やゲーム、アニメなどでよく見かけるリザードマンとほぼほぼ同じような見た目を持っており、背丈はだいたい2メートル前後。その鋭く長い爪や鋸《のこぎり》じみたギザギザの牙で、積極的に冒険者《ダイバー》に襲い掛かってくるアクティブタイプのモンスターだ。

二足歩行で両手を器用に使うのだけど、知性の輝きやコミュニティを作るといった習性もなく、単純なモンスターに分類されている。……まあ、核石《かくせき》を体内に持っている時点で、モンスター確定なのだろうけれど。

スクレールはさながら中国拳法じみた構えを取ったかと思うと、軽快にステップを踏んでリズムを刻み、『蜥蜴皮《リザードスキン》』の凶悪な爪をひらりひらりと回避していく。ちっこい、可愛らしい、体格差は歴然だけど、危機感をまるで抱かせない余裕のある回避だ。スクレールは涼しげな表情であり、対照的に『蜥蜴皮《リザードスキン》』は攻撃が一向に当たらないことに苛立《いらだ》ちを覚えているのか、吐く息や叫び声が非常に荒々しくなっている。

苛立ちがなせる業か、徐々に攻撃が大味になっていく。攻撃に気配りがなくなれば隙が生まれるし、スクレールはそれを見逃すほど甘くはない。小柄な身体を素早く『蜥蜴皮《リザードスキン》』の懐へと潜りこませ、腹部に掌底《しょうてい》を撃ち込んだ。

瞬間、爆発めいた衝撃が地面を揺すったかと思うと、『蜥蜴皮《リザードスキン》』は身をぶるりと震わせ、その場にくずおれた。

「あれが耳長族の勁術《ジンシュ》か……」

聞こえてくるのは、どことなく恐れを含んだリッキーの声。

――勁術《ジンシュ》。耳長族が使うという、有名な格闘術だ。なんでも、重心移動や、筋肉や骨の伸長によってなんだかよくわからない身体的パワーを増幅させ、対象に衝撃を浸透させて破壊するという超トンデモ武術らしい。

以前一緒に冒険したとき、スクレールはあの掌底のことを流露波《リゥルウハ》、と言っていた。対象を手のひらで突いた途端、強い衝撃が放たれ、身体を突き抜けていくのだという。受ければ内臓破裂でボロボロだろうことは想像するに難くない。どこぞの珍しい食材さん張りの通背拳《つうはいけん》である。おっとろしい技を使う子だ。絶対にケンカはしたくない。

スクレールはピクリとも動かなくなった『蜥蜴皮《リザードスキン》』にデカイ包丁をぶっ刺して、素材回収しつつ、体内から核石を取り出している。そんなグロ作業真っ最中の彼女を見ながら、感想をぽつり。

「さすが耳長族だよね。迷宮深度20のモンスターも楽々だ」

「そうだな。さすがはド・メルタ最強種族の一画と呼ばれるだけのことはある」

「最強種族かぁ」

「まあ他の種族も強いけどな。も、もちろん人間もだぞ！」

最後にそう付け足したのは、人間族としてのプライドがあるからだろうか。

知っての通り、この異世界ド・メルタには、耳長族の他にも亜人種が存在する。

まず、黄兄神《おうけいしん》トーパーズの加護を持つ亜人種族である『獣頭族』。ライオン丸先輩が属する種族であり、その姿形のほとんどが、ライオン、オオカミ、トラ、クマなど肉食の猛獣ばかりらしい。彼らはみな勇猛果敢で、古い時代からずっと先陣を切ってモンスターと戦っていたため、よく英雄譚《えいゆうたん》の主人公として描かれるのだという。よくあるファンタジーな物語では獣人は迫害されているけれど、どうもそういったものとは価値観が違うらしく、ド・メルタでは勇猛さの象徴のような存在となっており、そのワイルドな姿から子供たちに戦隊モノのヒーロー並みに大人気なのだ。

次に、緑弟神ジェイドの加護を持つ種族、『尻尾族』だ。人間に獣の耳と獣の尻尾がついた亜人で、獣人と言われればまず彼らを連想するという人も多いかもしれない。この前助けたエルドリッドさんだね。自由な気風を好み、プライドの高い気難しい種族って言われているけど、単にケモ耳や尻尾の話に敏感なだけで、気のいいマイペースな人がほとんどだ。

そしてもう一つが、朱姉神《しゅししん》ルヴィの加護を持ち、耳長族と異世界ド・メルタ最強を争う、『怪着族』だ。姿形や見た目は人間とまったく同じだけど、彼らは人間をはるかに凌駕《りょうが》する身体能力を持っている種族で、自分の倒した動物やモンスターの毛皮をまとう慣習があることから、怪着族と呼ばれている。

力は強いんだけどその反面、エネルギー消費が激しく《おなかがすきやすく》、よく行き倒れていたり、何かを食べていたりする姿が目撃されるという。燃費が悪いらしく、一日何食と食べるらしい。僕も迷宮でお腹を空かせてぐったりしていた怪着族に食料や水を分けたことがあるんだけど、何とも不便だなとそのときに思った。だけどその強さは、誰もが認めるもので、トップダイバーのチームには必ず彼らの姿があるという。

ふと、リッキーが不思議そうに首を傾げて訊ねてくる。

「そういえばお前、どうして耳長族と知り合いなんだ？」

「この前、迷宮で助けたんだよ。戦闘奴隷として連れて来られたみたいだけど、僕が来た時にはスクレを連れてきたチームが全滅してて、彼女だけ戦っててさ」

「ちょうどよかったと……ん？　戦闘奴隷だったんならなんで彼女は首枷《くびかせ》をつけてないんだ？」

「あ、奴隷の首枷はディスペライしました」

「ど、奴隷の首枷をディスペライしただって!?」

「うん。そうだけど？」

「そうだけどって、そんなあっさり……」

リッキーは驚いたような呆《あき》れたようなみょうちくりんな顔をして僕の方を見つめてくる。

そう言えば首枷を外したとき、アシュレイさんが奴隷の首枷は『祓魔《ふつま》ディスペライ』ができないというのが常識だとかって言っていたような気がする。常識だから、ナントカ魔法学園卒業のリッキーにも、驚くべきことだったのかもしれない。

そんなリッキーはひとしきり驚きの態度を見せたあと、遅すぎる虚勢を見せる。

「ふ、ふん！　ちょっとはやるようじゃないか！　でもぼくだってそれくらい、頑張ればきっとできるんだからな！　たぶん！」

「その妙な言い回しなんなの……」

きっととか、たぶんとか、はっきりしない言いようだ。おかしなことこの上ない。だけど奴隷の首枷は実際に外すことができるので、やろうと思えばできないことはないはず。

ただ、

「解除するのにハイグレードマジックポーション四つくらい使ったよ」

「お、お前！　そんな高価なものそんなに使ったのか!?　赤の他人に!?」

「まー、なんかね。そのままにしとくのも寝覚め悪いしさー」

「お人好しってレベルじゃないぞ？」

「そうなんだろうけど……」

奴隷の首枷を外す前は、随分とつらそうにしていたのを覚えている。あんな顔見せられたら、さすがにそのまま「ハイじゃーねーさよーならー」とはできなかった。

「お金、もったいないとは思わなかったのか？」

「まあないって言ったら嘘になるけど、結局僕にとってここのお金は仮想通貨みたいものだしね」

「は、はあ？」

僕はポケットから金貨を取り出して弄ぶ。リッキーは僕が口にした言葉の意味がわからず少々困惑している様子。一応金貨一枚諭吉さんという目安ではあるけれど、向こうじゃ大っぴらに換金できるわけじゃない。学生が質屋に金貨貴金属品を沢山持ち込むなんてまず不自然なのだ。警察に通報されて親を呼び出される未来がＦＢＩの超能力捜査官じゃなくても見える。なので僕は別にルートを持ってるわけだけど。

だからたとえいっぱい手持ちにあっても、生活基盤が日本だから宝の持ち腐れでしかないのだ。お金は使わなければ意味がない。眺めて悦に入って精神を安定させるっていう使い方がないわけじゃないけども、一介の学生でしかない僕にはそんな高度な使い方ができるはずもない。

それに、お金は少しずつだけど返してくれているし、損をしたとは思っていない。

ともあれ、困惑から復帰したリッキーが、

「人嫌いで有名な耳長族が友好的になるわけだ」

「そうだね。僕以外の人間は敵視してる感じあるよねー」

冒険者《ダイバーズ》ギルドには所属しているけど、スクレールが他の人間と仲良く迷宮に潜っているというのはまず見たことがない。人間が近づくと大抵は警戒して剣呑《けんのん》な雰囲気をまとい出す。殺気マシマシだ。リッキーに殺気を浴びせなかったのは、彼が僕と話していたことと、馴れ馴れしくしなかったこと——あとあんまりスクレールに興味を持たなかったことで、警戒心が和らいだのだろうと思われる。リッキーも興味ないことにはとことん興味示さないしね。

そんなことを話していると、スクレールが『蜥蜴皮《リザードスキン》』から核石を取り出し終わって戻って来た。顔に血が付いてる。

「悪いね。敵はまかせっきりで」

「構わない。この辺りはまだ弱いのばかりだし。それに魔法使いは魔力を温存するべき。常識」

素っ気無くそう言ってのけるスクレール。確かに魔力の温存については言う通りなんだけど、迷宮深度20の敵が『弱い』とはまた豪気なことだ。

「頼もしいね」

「奴隷の首枷がなかったら『四腕二足の牡山羊《フォースアームゴート》』もブチ抜いて見せる」

「あ、あれをですか……」

マジか……いや、この自信たっぷりの表情、あながち吹いているというわけでもなさそうだ。あのときは奴隷の首枷の効力で全力を出せなかったこと、戦闘奴隷であるため『四腕二足の牡山羊《フォースアームゴート》』と戦うまで連戦だったことを考慮すれば、あるいは彼女の言う通りブチ抜くことができるかもしれない。恐るべし耳長族。

「いやースクレール先輩さすががっす。いまお飲み物お出ししますねー」

「おい、急に小物化するなクドーアキラ」

揉《も》み手をしながらスクレールに媚《こ》びへつらう僕に、リッキーがナイスツッコミを入れる。

そんなやり取りを気にもせず、スクレールは僕が出した水をぐびぐび飲んでいる。カオス。

そんな冗談や茶番的なやり取りはともあれ。

「安全地帯《セーフポイント》も近いし、そろそろちゃんとした休憩取ろっか」

「休憩休憩」

スクレールは僕の提案に同意。当然リッキーも安全地帯《セーフポイント》に向かう僕たちについてくる。

迷宮深度20【黄壁遺構】。黄色い岩壁に、びっしりと古代の壁画が描かれている。イメージとしては、主観視点のロールプレイングゲームで、エジプトっぽい地下迷宮を探索しているといったところだろう。通路は『蜥蜴皮《リザードスキン》』が飛び跳ねても全然問題ないくらいに広く、壁には動物を象《かたど》った像らしきものも置かれており、光源は異世界ド・メルタ産の常にぼんやりと光る不思議な鉱石。この先の階層である【暗闇回廊《くらやみかいろう》】に比べれば、天国のような快適さだ。暗くもないし、臭いもきつくない。

モンスターは一部例外である『催眠目玉《スリープアイ》』を除いて良心的だ。

そんな中を進んでいると、やがて出会うモンスターの数が目に見えて減ってくる。そしてその代わりに、核石で造った『モンスター除けの晶石杭《しょうせきくい》』がいくつもいくつも現れ始める。安全地帯《セーフポイント》が近い証拠だ。やがて、見えてきた小部屋に入ると、そこにも晶石杭がみっしりと建てられていた。精製された核石の輝きで幻想的な雰囲気を醸す小部屋、モンスターを狩る冒険者《ダイバー》たちの隠れ家《セーフハウス》。それが、安全地帯《セーフポイント》だ。

中にはちょうど、誰もいなかった。ここ【黄壁遺構】には中級冒険者《ダイバー》が常に稼ぎで張っているため、おそらくはどこか別の安全地帯《セーフポイント》にいるのだろう。

着いて早々、のびのびとくつろぐためにレジャーシートを敷く。

「靴脱いで上がってね」

敷き終わって二人に一声かけつつ、『虚空《こくう》ディメンジョンバッグ』の魔法で異空間に保管していた食事などを取り出す。

リッキーも魔法使いなので、同じように食べ物を取り出すために『虚空ディメンジョンバッグ』を使用。スクレールは何も用意せず、すでに足を伸ばしてのんべんだらりとした休憩状態に入っていた。

……何も出さないということは、つまりこれはあれだ。

そんな風に彼女の魂胆《こんたん》を察していると、やはり予想した通り彼女は近づいてきて、

「アキラアキラ、塩パン食べたい」

やっぱりおねだりである。まあ、全然構わないんだけれども。

「今日は塩パン持ってきてないんだ。別のヤツでもいい？」

「問題なし」

彼女の了解を得て、『虚空ディメンジョンバッグ』の中から食べ物を選び出す。この魔法、ほんと便利だ。この魔法の存在が、ここガンダキア迷宮――いや、この世界で魔法使いが重宝される一番の理由だろう。これが使えれば、迷宮で得た素材を手ぶらで持ち帰ることができるのだ。荷物での苦労や心配がなくなり、荷運び役《ポーター》も必要としない。しかも、異空間の中では時間の進みがないため、生モノを保管しても傷まないという出鱈目《でたらめ》さであ

る。まあ、気分的に生モノをこの中で長時間保管するのはなんとなく嫌なため、そういうのはあんまりしたくないのだけれど。

ともあれ、そこらの冒険者《ダイバー》たちに「魔法使いなんでちょっと一緒に潜ってもいいですか？」と聞けば、二つ返事で了承される。むしろ喜ばれること請け合いだ。それゆえ勧誘合戦が過熱して、冒険者《ダイバーズ》ギルドでは問題の一つとなっているのだが、それはいま関係ないか。

塩パンはないけど、焼きそばパンがあったことを思い出して、取り出す。すると、

「なにこれ？　パンに茶色のうねうねが挟んである」

「焼きそばパンの焼きそばのことうねうね言わない」

「じゃあ細くて小さい触手を味付けしたの」

「……なんでそんな食欲が失せそうな表現をするの」

「だって見た目がそれだし。それが嫌なら、イソギンチャクのソース和え……」

「だからやめなさいと言うに！」

妙な感想ばかり口走った挙句、新たな脳内創作料理を提案するスクレールに、そんなツッコミを入れる。もしかしてこの世界に麺はないのか。そう考え、リッキーに訊ねてみる。

「リッキーは知ってる？」

「麺ってやつだろ？　見たことある」

「さっすがリッキー！　天才魔法使いなだけある！」

「そ、そうかな？」

リッキーは天才と言われて嬉《うれ》しそう。「えへへ……」ニヤニヤしている。ほんとリッキーはちょろい。でも男の子だからお得感はゼロだ。そう言うのは女の子相手にやってください。

わからなかったらしいスクレールの方を向いて、ちょっと意地悪そうににやっと笑う。

「ほらね」

「し、知ってた！　わざと言っただけ！」

とは言うが、絶対嘘だろうね。顔が真っ赤だもん。

「はいどうぞ」

「あーん」

スクレールに焼きそばパンを渡そうとすると、突然彼女は口を開けてそんなことを口にする。

「……あーんって、食べさせろってこと？」

訊ねると、スクレールは女の子座りをしながら口を大きく開いたまま、こくこくと頷いた。

そんな姿にしょうがないなぁと思いつつ、焼きそばパンをスクレールの口に持っていく。

「もぐもぐ」

「こんな感じでよろしゅうございますか？」

「（こくこく）」

適当な敬語を使って訊ねると、スクレールは長い耳をピコンピコンと動かしながら、軽く頷く。そんな姿を見て「なんかこれ、餌付けっぽいなぁ……」と思いつつ、食べている様子を眺めながらしばらくぼけっとしていると──

「ちょっと指！　僕の指まで口に入れてるよ！」

「もぐもぐ……そこに指があるのが悪い」

「ちょ、僕のせいなの!?」

確かにぼけっとしていたが、普通そっちだって気付くだろうに。

「ああ……唾とソースで指がべたべたのべろべろ……」

「汚いものを拭くように拭かないで」

ハンカチを取り出して拭こうとすると、そんな理不尽な指摘が入った。

「また無茶言うし……ふふふ、ならこのまま舐《な》めて間接キスなんて……」

「それは冗談抜きでキモイ」

「……はい、すいません」

スクレールさん。冗談にも辛辣《しんらつ》である。まあ確かに我ながらキモイ台詞《せりふ》だとは思うけどさ。

「で、おいしかった？」

「うん、おいし……まあまあ」

スクレールは言いなおして顔を背けるが、おいしいと言いかけていたため、すでに遅しである。それに食べている最中耳がピコンピコン動いていたため、お口に合ったのは間違いない。素直じゃないけど仕草が殺人的に可愛いから、オッケーである。そして、焼きそばパンをまず一つ食べ終わったスクレールに、

「でもなんでまた食べさせてもらうような食べ方を？」

「一度こういうのやってみたかった。養われてる感じがする」

「そ、それは養われてるのと違うんじゃないかな……」

「人間が奴隷を持ちたくなるのもわかる。腹立つけど」

「僕を使ったのはその気分を味わうためかー！」

うんうん頷いて納得しているスクレールは、ふと何かに気付いたようにこちらを向き、

「そうだ。アキラ、ショウユウー持ってる？」

「ショウ……醤油《しょうゆ》？　どうしたの突然？」

「もし持ってたら譲って欲しい。お金はいくらでも出すから」

スクレールは塩パンをねだるときよりもさらに身を乗り出して迫ってくる。それほどまでに欲しいか醤油。前の白角牛《ホワイトホーン》のステーキの件でよほど気に入ったのだろう。

「いまはこれしかないけど、これでもいい？」

そう言って、『虚空ディメンジョンバッグ』に入れておいた醤油のボトルを二つほど取り出して、スクレールに渡した。

「ショウユウー、ショウユウー」

スクレールは醤油をもらった喜びを表現したいのか、まるでどこぞの蛮族のように醤油のボトルを両手にそれぞれ持って高く掲げ、目をキラキラと輝かせている。

どこの醤油メーカーって？　キッコウーマンとヤマサンだね。

「ありがとう。なくなったらまた譲って欲しい」

「わかった。バッグにストックしておくよ」

『虚空ディメンジョンバッグ』に入れておけば、会ったときにいつでも渡すことができるしね。

「アキラ。ショウユウー、いくら？」

「あーそれ？　二つで銅貨四枚でいいよ」

「…………」

「どしたの？」

「……安い。これが塩より安いのはおかしい」

とはいうけれど、ボトル醤油はスーパーでそのくらいで売っているのだ。不思議そうな顔をして首を傾げる彼女に、「僕のいるところじゃ塩なんかもっと安いよ」というと、もっと不思議そうな顔をした。物価の違いは強烈だ。流通技術万歳。保存技術万歳、物量万歳である。

「ショウユウー、バターと混ぜるとおいしい」

「かけ過ぎにには気を付けてね……って、もう舐めてるし」

「ショウユウー成分の補給」

スクレールは醤油を手の甲にちょっと取ってぺろぺろしながら、海外に移住した日本人じみたことを言い出した。味噌《みそ》とか舐めさせたらそれも欲しがるんじゃなかろうかこの子は。

結局、発音は直せないまま、ショウユウーで覚えてしまったらしい。

するとﾞ、リッキーが、

「お前ってさ、ちょくちょく変わった食べ物持ってくるよな。さっきの麺を挟んだパン、保存食でもないんだろ？」

「そうだよ」

「そうだよって……」

「だってせっかくの迷宮探索だよ？　おいしくもない保存食食べるなんてないない。そういった非常時のは別に用意してあるし。あ、リッキーも何か飲む？　ド○ぺあるけど」

『虚空ディメンジョンバッグ』からドクター○ッパーを取り出して、リッキーに見せる。

「なんだこのおかしな色の飲み物は。ワインか？　いや……ぼくは遠慮して」

「これね、天才の飲む飲み物なんだよ」

「よこせ！　いますぐよこせ！」

リッキーは天才と言ったらすぐ反応する。さすが単純な子である。

彼にペットボトルの開け方を教えると、ちょっとだけ恐る恐るしながら飲み始めた。

「ん？　甘い……果実水か？　いや、なんだこれ、いろいろな味が混ざっているっていうか……」

「どう？　気に入った？」

「まあ、悪くない。というかかなりうまい」

リッキーはうんうん、と何かを確かめるかのように頷いている。やっぱりド○ペの味は天才にしかわからないのだろうか。凡人な僕はあまり飲まないからよくわからないんだけど。

「すこし欲しい」

「ああ、構わない」

スクレールはリッキーにドク○をもらって、こくこくと飲み始める。すると、すぐに眉間にしわを寄せ出した
「……甘いけど、なんか変な味。薬草《テア》っぽい」

「まあ、これ好きな人と嫌いな人分かれるからね。はい、スクレにはバ○リースね」

「○ヤリース？」

「そう」

「……あ、甘橙《あまだい》の果実水」

一口飲むと、思い当たる飲み物と合致したのだろう。○クペと違ってこくこくと、打って変わって今度はおいしそうに飲み始める。

「おいクドーアキラ。前から聞きたかったんだが、お前一体どこから来てるんだ？　フリ

ーダには住んでないだろ？」

「え？　やだーリッキーさんったら、なんでそんなこと知ってるんですかー？　再戦したいのこじらせすぎて付きまといですか？　そんなことまでリサーチして……それはさすがの僕でも引いちゃいますよ？」

「……それは私も引く」

ずざざーっと、二人してリッキーから距離を取る。さすがスクレールさんナイス連携。

「おい違うぞ！　勝手にぼくを変態扱いするな！　フリーダやこの近辺にはない物持ってきてるから言ってるんだ！」

「だろうね。知ってた」

「うん」

「わかってたんなら言うなよお前ら！　二人してなんなんだよ!?」

スクレールもリッキーもノリがいい。ちょっとしたコントにも付き合ってくれる。ほんとこの世界の人たちは愉快な人ばかりだ。飽きない。

するとスクレールが、

「私も知りたい。アキラって、どこから来てるの？」

「ん？　異世界だよ」

「異世界って……」

僕の言葉を聞いて、リッキーは呆気《あっけ》にとられたような顔をしている。僕からすればド・メルタが異世界だけど、彼らにとっては僕の住んでるところが異世界だ。言い回しに関してはこれが正解だろうと思われ。

でもリッキーは信じていないようで、疑うような表情を作っている。

そんな彼に、僕は、

「リッキー、ありえないとか思ってる？　それはおかしいでしょ？　迷宮の中で別の場所に飛んでる僕たちがそれを否定したら、冒険者《ダイバー》じゃないよ」

「む……」

さすがにそう言われれば、リッキーとて僕の言い分を嘘とは一蹴できないだろう。

そう、ここガンダキア迷宮は、階層と階層の出入り口の境界が曖昧な状態になっていて、境界にある白い霧状の鏡面に踏み込むと、ド・メルタにある『モンスターが出現しまくる別の地域』へと転移させられるのだ。

なんでもこれは昔、神様がド・メルタ中にあるモンスターが出現する場所をひとまとめにして、モンスターを倒しに行くための移動の手間を軽減させるために、作ったからららしい。

まーそんなことが可能なら、世界から世界へと飛ぶことだって不可能な考えとは至らないはずである。

「本当に本当なのか？」

「うん。こんなことで嘘ついたって仕方ないでしょ」

「まあそれもそうだが……」

「じゃあアキラはどうやってこの世界に来たの？」

スクレールの訊ねに、僕はこの世界に来た当時のことを思い出す。

「……最初はね。異世界の行き方って都市伝説を検証してたんだ。エレベーター使ってやるヤツね。ま、検証するまでもなくホラだとはわかってたんだけど。そしたら、偶然この世界に来れるようになってね」

「エレベーターって、ギルドにもあるアレのこと？」

「そんな認識で大丈夫かな。使われている技術は比べ物になんないけどね」

「それでお前はフリーダに来たのか？」

「厳密にいうと先に神様のおじさんのいるところに飛んだんだ。そこでこれを渡されてね」

リッキーにそう言って、懐から一枚の金属板を取り出してみせた。それはこの世界で生きる者なら切っても切れないアイテム。

「証明書《スコアカード》……」

「この世界の人たちって、生まれたときに神様からこれ贈られるんでしょ？　僕の世界はそういうファンタジーなイベントとかないから、直接あのおじさん――紫父神《しふしん》アメイシスさんにもらったんだ」

「か、神様から、直《じか》にだって!?」

「そうそう。やっぱりそれってすごいことなんだよね」

「当たり前だ！　神様と直接会って話をするなんてよほどの人間じゃないとできないんだぞ!?」

「はー、やっぱそうなんだー」

リッキーの興奮とは対照的に、気のない声を上げている。

僕としてはいまいちすごさの実感がない。

そんな中、ふとスクレールが二つ目の焼きそばパンを持ってこちらを向いた。

「アキラ」

「なに？」

「あーん」

「ほえ」

「あーん」

それは、食べさせてくれる「あーん」だろうか。

なんか絶対やれって感じの圧がすごい。

「あ、あーん……」

スクレールからのあーんの圧力を受けて、僕は言われた通りに口を開ける。

焼きそばパンが口の中に入ってくる。無理やり押し付けられる感じでもないし、ちょうどいい加減を見計らってくれるので食べやすい。もぐもぐ。うん、焼きそばパン。

「……なあ、ぼくは一体何を見せられているんだ？」

「別に見せてるわけじゃない。そっちが勝手についてきたから見てるだけ」

「それはそうかもしれないが……」

二つ目の焼きそばパンをもぐもぐしているスクレールを横目に、神さまの話の続きをする。

「もぐもぐ。で、一体なんの話をしてたんだっけ？」

「神様の話だ。神様の話」

「神さま、私は会ったことある」

「そうなの？」

「そう。私たち耳長族はサフィア様に作られたから、サフィア様がときどき里に様子を見に来てくれる。たぶん他の種族も同じ」

「なるほどな。人間以外の他種族は、そういう機会があるのか」

「人間族だけはそういうのないんだ？」

「そうだな。紫父神アメイシスや黒母神《こくぼしん》オーニキスは、何か大きな事件があるとか、世界のために種族全体で何かさせたいとか、そう言ったことがない限り現れないってぼくは聞いてる」

「ふーん。今度会ったらその辺のことも聞いてみようかなー」

そんな独り言を口にすると、二人に胡乱《うろん》げな視線を向けられた。あとで友達に聞いておこう的なノリだったからだろうか。こっちに来るたびに、神様のところを経由しなければならないため、神様とは毎度顔を合わせるし挨拶もする。お土産だって持っていく。神様が手すきのときは世間話だってするのだから、僕にとってはもはや顔馴染《なじ》みの近所のおじさんというカテゴリーに入ってるのだあの人は。

だからこそだが、

「でもねー」

「どうした？」

「いやね、あのおじさんがすごいってのがねー、どうもねー」

しっくりこない。確かにすごいということはわかっている。神様だし、日本とド・メルタを行き来できるようにしてくれたし、魔法も使えるようにしてくれたし。はっきり言ってすごく感謝はしてるんだけど――

（なんていうか、見た目普通のおじさんなんだもんなー）

僕が神様を『顔馴染みの近所のおじさん』と評した所以がそこにある。

神様は神様だけど、そこに「ぐーたらな」という枕詞が付くのだ。初めて会ったときは、肘を立てて枕にして、やたらめったらだらけた様子で寝転がって、何やら本を読んでいた。いや、毎度毎度そうなんだけど。あの人はそれこそ「休日にだらけた様子でテレビを見ているお父さん」という言葉がすごくしっくりくる存在なのだ。

思い出して唸って懊悩《おうのう》している僕の顔を見て、首を傾げていたリッキーが言う。

「その、お前が神様から送り込まれたっていうんなら、何かしろとかは言われてないのか？　この世界のためになることとか、重大な仕事とかさ」

「んーん。特にはなにも。神様が言うには『ここに来たのもまあ何かの縁だし、行き来できるようにしてあげるから異世界での生活を楽しんできなよ』って。あと『いまなら加護もあげるし魔法も使えるようにしてあげる特典付き。お得でしょ？　好きに生活してもいいけど悪いことだけはしちゃだめだよ』って。『やるんなら人のためになるようないいことしてちょうだいね』って」

「…………」

「…………」

神様の口調とか台詞とかは特に変えてない。基本ほとんどそのままだ。そもそも僕みたいななんの取り得もない高校生に、世界のためになるような重大な仕事を任せるものかって話。そんな重要な役目を任せるなら、もっと適任がいるだろう。責任感と正義感の強い人とか。僕の周りで言うと、幼馴染《おさなな じ》みのヒロちゃんとか、そんなところに。

そんな神様曰《いわ》く「自分の世界に女の子連れて帰っちゃったりとかもいいよ。でも結婚は勢いで決めちゃだめだからね。結婚ってほんと大変だから。主にうちのママが——あ！うちのママ、オーニキスって名前なんだけど……」なんて、そんな風に結婚の大変さを語るのかと思ったら大半神様ののろけだったというおなか一杯になりそうな話を延々とされたのも懐かしい。夫婦円満はいいことだが、のろけの長話はほんと勘弁して欲しいです。

ふと見ると、スクレールが祈りのポーズをとっていた。

「どしたの急に」

「紫父神アメイシスに感謝してた」

「なんでまた」

「……別にアキラには関係ない」

スクレールはそう言って、僕のことをペシペシとはたき始めた。何故。

ともあれこの日は、このあと先の階層である【暗闇回廊】でそこそこ稼いで、帰還となった。三人だと経験値《スコア》効率は悪いけど、安全で楽しいピクニック的な雰囲気で潜れるというところが利点だろう。

そんなことを二人に言ったら、ひどく怪訝《けげん》な顔をされた。

まあ、言いたいことはわかるよいちおう。うん。

第9階層　エロに敗北した者の末路

学校帰りの夕方。

さて今日も楽しく迷宮に潜ろう、経験値《スコア》を稼ごう、レベルを上げようと、僕は冒険者《ダイバーズ》ギルドの建物を目指して意気揚々と通りを歩いていた。

道の両脇に軒を連ねるお店に目を向けると、店員が冒険者《ダイバー》目当てに物を売りつけようと躍起になっていたり、反対に冒険者《ダイバー》はと言えば、それをなるべく安く手に入れようとどうにかこうにか理由を付けて値切ろうとしていたりと、どちらも必死だ。生活が懸かっているのだから、ヒートアップも無理からぬことだろう。

そんなこんなで、フリーダの町はいつも賑《にぎ》やかだ。賑やかすぎて、お店が何かしらイベントをやるだけで、道が通れなくなることもしばしばあったりする。それゆえ、路地に入って迂回《うかい》することも結構頻繁で、今日もそんなちょっと面倒な日であった。

「あーあ。まただよ。毎度毎度どうにかならないかなこれ……」

大店が安売りでもしているのか。客が往来も構わず、わっと詰めかけており、真っ直ぐ通るのは難しそう。ここはこんなことが頻繁にあるのだから、フリーダの行政府も道幅の拡張工事に力を入れて欲しいとは思うけど、土地が余ってるわけでもなしそれは叶わぬ願いだろうか。

あーあめんどくさいなぁと思いつつ、ため息をつきながら、脇の路地に入り込む。

フリーダの路地裏は、賑やかな表と違ってかなり静かで寂れているところも多いし、危なそうな人たちがたむろする危険地帯でもある。もちろんそんな場所を通ることなんて、臆病な僕にはかなりのハードモード。そのため、周囲への警戒は怠らないし、通るときは汎用魔法もかけまくりだ。動く速度を向上させる『強速《きょうそく》ムービングアクセル』をかければガラの悪い人たちに絡まれてもダッシュで逃げられるし、打たれ強くなる『堅身《けんしん》ストロングマイト』をかければちょっとやそっと殴られてもへっちゃらだ。

何度か絡まれたことはあるけど、逃走率は、ほぼ百%と言っていい。

それでも事実、回避できない恐怖というのは存在するのだけど。

「――ところでアキラ」

「どわ！　急に出てこないでくださいよ師匠！　心臓止まるかと思ったじゃないですか」

警戒しながら歩いていても、僕の影からにゅっと飛び出てくる師匠こと、ベアトリーゼさんはどうにもならない。今日も今日とてどこでどうやって僕の影にとり憑《つ》いたのか、夕日で伸びあがった影からひょっこりと現れた。

　僕が心臓のバクバクを抑えようと胸に手を当てていると、師匠はせせら笑いながら、

「急に出てくるなと言われても困る。それはわたしに出てくるなと言っているようなものだ」

「突然視界に入って来るのを止めて欲しいんですって。びっくりするから。できれば前兆とか起こしてくださいよ」

「わたしは自然災害かなにかかよ」

　どっちかって言うとお化けだけど。とまあ師匠はそう言うが、声音はやっぱり愉快そうだ。僕をおちょくるのが楽しいのだろう。いつか見てろ。こんなこと絶対口には出せないけど。まず出したら死ぬ。いろいろと。股間とかは結構ヤバそうだ。

　とまあ、それはともあれ、ほんとこの人は一体なんなんだろうか。靄《もや》のような影をまとった女性。たぶん、人間の。身体は頭のてっぺんから足のつま先まで黒い靄に覆われており、その全容はまるでわからない。時折、黒い靄の隙間から、切れ長の赤い瞳や、ほっそりと整った輪郭、美しい肌が見える。目に見えてわかる若々しさとみずみずしさ。童顔だとしても、ちょっと年上くらいかと思われるんだけど——ただ、性格が悪魔だから、本当に人間なのかどうかはまだ量り兼ねている。だから、たぶんなのだ。

「師匠。また核石《かくせき》が欲しいんですか？」

「そうだ。まあ、安心しろ。今回は簡単なヤツのだから。な？」

そんな猫なで声を出して、背中からぎゅっと抱き着いてくる師匠。果たして僕は気に入られたのか、いや、それとも魅入られたのか。

……真っ当に考えて魅入られたんだろう。ヤバい末路しか思い浮かばない。僕の未来はまっくろだ。

それはそうと、

「その、いちいちまとわりついてくるのは……」

「サービスだ」

「へ？」

「だからサービス」

ということは、

「……そ、それって、僕へのですか？」

「は？　何を言ってる。わたしへのサービスに決まってるだろ？」

「あ、そっち」

サービスというからてっきり僕への労《ねぎら》いかと思ったけど、そうではなかったらしい。自分へのサービスということは、知らないうちに魔力かなにかでも吸収でもされているのだろうか。ときどき頬ずりしてきたり、ほっぺや首筋を甘噛《あまが》みしてきたり、吸いついてきたりするから、あながちないとは言えなさそうだ。心なしか魔力減ってるし。

「ま、お前がこれをサービスだと思ってるってことは、くっつかれるのは嫌じゃないんだな。くくく……」

「くっ、否定できないことがなんかすごく悔しい……」

「でも気持ちいいんだろ？　ん？　感じちゃうんだろ？」

「ちょっと師匠某真紅みたいな台詞《せりふ》と展開は勘弁してください……」

それを言っていいのは女の子だけだろう。僕は言えない。気持ち悪い。

というか師匠は身体をぐいぐいと押し付けてくる。ヤバい。主に股間が。

前かがみにならないといけなくなる前に、話題を逸《そ》らさなければと考え、すぐに聞いておきたいことを思いついた。

「師匠師匠。どうして僕が一緒じゃないとダメなんです？　迷宮に潜ってモンスター倒してなんて、足手まといの僕を無理やり引っ張っていくよりも、師匠一人でやれば済むことだと思いますけど？」

そう、師匠は強いのだ。それもめっちゃ。レベルがどれくらいあるかはわからないけど、随分前に迷宮深度30の階層に出てくる『火炎男爵《フレイムバロン》』という人型の炎が貴族っぽい恰好をしている意味不モンスターを鼻で笑って一瞬で消し去ったことがある。ばかりかそのあと「こんなの百や千倒したところで、経験値《スコア》の足しにもならないな」とさえ言ってのけたのだ。

僕ならそれだけ倒せばレベルが10くらい余裕で上がりそうなものだけど、足しにもならないということは、ヤバいレベルであるということは想像するに難くない。

そんなわけで、一人で深い階層に行けば問題ないと常々思っていたのだが――

「できるならそうしているさ。だけどなわたし一人じゃ迷宮に潜れないんだよ」

「なにか不都合でも？」

「まあな」

そのあとは何も口にしない。なら、切り口を変えるか。

「あの師匠？　いつも聞いてることですけど、師匠はどうしてそんなに核石を欲しがってるんですか？　あれってモンスター除けにしか使えないって聞きましたけど」

核石を集めているからと言って、師匠がモンスター除けに使っているとは考えにくい。だって師匠ならモンスターなんて近づかせないようにするまでもなく、強すぎて近づいてすら来ないはずだ。それなら核石なんて必要ないと思うのだけど――

「……いろいろあるんだ。いろいろとな。それも含めてそのうちちゃんと話してやるよ」

「またはぐらかしたー」

不服そうにぶーたれても、師匠はせせら笑いを続けたまま、全然答えようとはしてくれない。一体どうして必要なのか。理由くらい教えてくれればまた僕のやる気も違うのだけど——どうしても話したくないなら仕方ないか。

「それで、どうだ？」

どうだもなにも、いやだと言っても無理やり連れていくクセに。

こうなったら、仮病作戦である。

「あ、うう……今日はちょっと、調子が悪くて……」

「そうか？　今日も元気に迷宮に潜ろうとしてたように見えたけどな？」

チッ、さっきの軽い足取りを見られていたか。しかし、

「いやーなんか急激に体調がおかしくなっちゃったんですよ。急に、いたたたた……」

「へぇ？　またわたしが核石が欲しいと言い出したから萎えたと。まったく都合のいい身体だよ」

「なんか師匠が都合のいい身体とか言うとそこはかとなくエロく聞こえるんですけど」

「さて、そんな都合のいい身体をもとに戻すにはだ。どうすればいいかな？」

「さ、さあ？　無理なんじゃないですかね？」

だから、今日は見逃して欲しい。なんか今日は大変な目に遭いたくないのだ。今日だけじゃなくて、いつもだけども。

するとと、師匠はなにか思いついたようで、

「――そうだな。今日は技を教えてやる他に、おっぱいを触らせてやるよ」

「…………へっ!?」

師匠はいまなんと言ったか。おっぱい。おっぱいだ。お……。

「お、おっぱいですかっ!?」

「ああ」

「おおおおっぱいってその、女の子の胸に付いてる、あ、ああ、あれですよね？　あれ！」

「そうだ。わたしにも付いてるのは確認しなくてもわかってるだろ？　さっきから当ててたんだしさ」

はい。柔らかく弾力のある感触ががっつり背中に当たってましたとも。

つまり、それを、手で触らせてもらえる……。

「ごくっ……」

「ふふん、どうだ？　それなら調子もすぐよくなるんじゃないか？　なんせ都合がいい身体だもんな」

「い、いやー、それはどうですかねー？」

とぼけてみるけど、ついつい動揺が表に出る。視線を逸らして、さらに泳がせてしまった。無理だ。そんなことを言われて平静を保てるほど、僕は神経図太くない。

「せっかく触らせてやるって言ってるんだ。こんな機会もうないかもしれないぜ？　ん？」

「え、えーっと……」

師匠は、僕に向かって胸を突き付けてくる。靄がかかってやはり全容は見えないけれど、時折その隙間から見えるボリューミーな双丘が、僕の本能をダイレクトに刺激してくる。

「ほら、うんって言ってしまえよ。うんって」

「ししししし師匠！　迫ってこないで！」

叫んだけど、師匠は聞いてくれない。圧倒的な力（おっぱい）で押し切るつもりか。

だけど、僕も男。そうそう簡単に頷《うなず》くとは思わないで欲しいね。

とまあ結局のところ、迷宮に行くのか行かないのかどうなったかと言えば。

「おっぱいには勝てなかったよ……」

僕は師匠の提案を飲み、迷宮に来ている。つまり、誘惑に堪え切れず頷いてしまったのだ。仕方ない。世の男の子ならわかってくれるだろう。スケベだって言いたいなら言うがいいさ。男がおっぱいの誘惑に勝てないのは恥じることじゃないはずだ。高校生男子に我慢しろというのが無理なのだ。

「それで今日の敵はなんです？　今日はもうなんでも倒しちゃいますよ？　こいやおらー！」

「さっきとは打って変わって随分とやる気を出したなおまえ。そんなにわたしのおっぱいを触りたかったのかよ？」

「え？　あ、あはは……」

もうその件については触れないでください。あ、もちろん触る件はなかったことにはして欲しくはないんですけど。

「だけど、そうだな。この手は使えるな」

「そう簡単に釣られると思わないでください。——がんばりますよ？」

「おい、前後の文脈が合ってないぞ?」

それは仕方ない。僕は正直なのだ。特に己の欲望に。

ともあれ、今日来ている階層は、ガンダキア迷宮は第1ルート、迷宮深度14の【巨像の眠る石窟《せっくつ》】。レベル10~20前後の低、中級冒険者《ダイバー》たちの狩場であり、迷宮の観光スポット階層ともいえるような場所だ。巨大な洞窟の中に、十メートルを超える人を模した巨大な像が並んでいる。イメージは地下に造られた霊廟《れいびょう》とかそんな感じ。いるだけで圧倒されるすごい場所。次の階層は第1ルートの鬼門なのだが、それについては、今日は関係ないので割愛しよう。

ここは低、中級冒険者《ダイバー》の狩場であるため、それよりも多少レベルが高い僕にとっては難度の低い階層である。だからと言って油断はできないけど、まあでもここに出てくるモンスターのほとんどが余裕で倒せてしまうのは事実だ。

「師匠、それで」

再度今日のターゲットは何なのかと訊《たず》ねると、師匠は一歩前に歩み出て、暗がりの石窟の隅の方を見やる。そして、

「あいつだ」

そう口にした。

しかして――そこにいたのは、ここ【巨像の眠る石窟】の代表的なモンスター『苔むした石獣《モストーン》』だった。見た目は、東南アジアにあるようなデフォルメされた魔除けの像に、大きな台座と緑の苔《こけ》が追加されたような灰色の置物で、普段は見た通り石像に擬態しており、近づくともともとの色みを浮き上がらせて動き出すという、トラップじみた性質を持ったモンスターだ。もちろん、ファンタジーなモンスターとしてポピュラーな存在であるガーなんとかさんかお前は的なツッコミは前に一度入れた。

通称『もっさん』。デフォルメされた獣の顔がどことなくおっさんっぽいので、もっさんと名付けられたらしい。日本語と異世界言語の翻訳関連に関しては非常に疑問を抱かざるを得ないけど、それはともあれ。

この『苔むした石獣《モストーン》』。一見して石像にしか見えないけれど、精錬された鉄のように固くて、やたら頑健という特徴を持つ。そのため、戦士職などはバトルハンマーやメイスなどでしこたま殴らないと倒せないし、仲間も呼び寄せるという能力を持つことから、めんどくさい敵とされている。

なのだけど――

「あいつ？」

「あいつだ」

「……え？　ほんとにあれですか？」

「そうだ。簡単だろ？」

「いや、まあ確かに簡単っちゃあ簡単ですけど……」

そう、簡単なのだ。それは僕のレベルがこの階層の推奨レベルよりも高いからというわけではない。単にあの『苔むした石獣《モストーン》』こともっさんが、魔法にやたらと弱いのだ。鉄の如き堅さを持つ石像にもかかわらず、火力が低いとされる緑の魔法でも、簡単に輪切りにできて倒せてしまうという難度の低さ。僕も雷をちょっぴり打ち込むだけで、砕くことができてしまう。堅いんだか脆《もろ》いんだか。炭素の結晶の塊かお前は状態である。

そして僕の困惑の理由は、師匠が提案するものにしてはあまりに簡単すぎるところにある。だって師匠はいつもいつも強い敵、めんどくさい敵と戦わせるのだ。にもかかわらず、こんな魔法使いウェルカムな敵を指定するなど、不思議で不思議でならない。

ともあれ、師匠としては、

「魔法使いでなければ強敵なんだがな」

「確かに」

まあ苦戦するだろう。破壊が間に合わなければ、どこからともなく仲間が湧いてくるのだから大変なことこの上ない。僕も魔法使いじゃなかったら、この階層に踏み込んだあたりでかなり警戒していただろう。

「相手としては不服か？」

「いえ不服というわけではないですけど……」

「簡単すぎると。じゃあお前がよく言う『縛り』とやらをやってみようか？」

「うえ!?　あれにですか!?」

「ああ。汎用魔法を使ってもいいが……そうだな、素手で倒せ。殴るか蹴るかだ。それなら、簡単じゃないだろ？」

「うわ、やぶへびだったかも……」

「汎用魔法でしっかり強化すれば倒せないほどじゃないはずだ」

「でも石像を殴ったり蹴ったりって見た目的になんかアホっぽいような」

「その光景は生温かい目で見てやるよ。バカっぽいなーって感じでな。バーカ」

先に言うのか。

「ひどい」

生温かい目で見るというよりは、それは面白がって見る方ではないか。

僕もやぶへびとは言ったけど、この縛りの条件でもちゃんと倒せる。魔法で強化していという時点で、縛りの難度は格段に下がっているのだ。だけどここで「あんなの軽いっすよ。ザコザコザコザコよゆーよゆー」なんて調子に乗って言ってしまうと、次はもっと難しくされてしまうことが目に見えているため、ちょっと自信なさそうにしておいた。これは自衛だ。決して卑怯《ひきょう》ではない。……いや別に卑怯でもなんでもいいいんだけどさ。

さて、

「魔法階梯第三位格《スペルオブサード》、雷迅軌道《アメイシスオービット》！」

「む？」

僕が魔法を使ったおり、師匠が声を出して反応する。師匠の予想に反し、汎用魔法を使わなかったためだろう。

そう言えばこの魔法、師匠の前では使ったことがない。初出である。

――雷迅軌道《アメイシスオービット》。以前は『醜面悪鬼《オーク》』や『大猪豚《ビッグビッグ》』と戦った際に使ったはずだ。汎用魔法の『強速ムービングアクセル』からヒントを得て作った属性魔法で、使用すると雷光の如き移動速度と打撃力を獲得できる。もちろん『強速ムービングアクセル』に比べて必要魔力はすんごい多いんだけど、その効果は絶大だ。いまのところではあるけれど、これまで戦っているほとんどのモンスターは、この速度について来られていない。ただ、あまりに動きが速くなってしまうせいで、移動が直線的になってしまったり、制御が難しかったりするのだ。あと靴の底がすごい勢いですり減るから、僕のお小遣いもすごい勢いですり減る。それがこの魔法のネックだろうか。完璧な魔法を作るには、僕にはまだ戦闘の経験が足りなすぎる。

ともあれ、必要なスペルを唱え終わると、僕の身体から稲妻が立ち昇り、薄暗かった洞窟内が一気に明るくなった。やがて身体にほどよい電気刺激が伝わって、魔法が完全に乗ったことを把握。一度助走をつけるため、後方に大きく飛んで着地、そして目標めがけてダッシュし、地面を蹴って飛び上がった。

「イナズマキィィィィィイック!!」

もっさんに食らわせるのは、体重をしっかりと乗せた飛び蹴り《ラ○ダーキック》。遠間から、それこそ雷光の速度で、ぶち当てる。ヒーローキックの練習は小さなところに死ぬほど付き合わせられたため、フォームは完璧だ。

もちろん『もっさん』に完璧なそれをかわす術はない。【巨像の眠る石窟】の不思議モンスターは僕に気付くこともなく、さりとて石像に擬態しているため動くこともできずに、岩壁までぶっ飛んで行った。遅れて、衝突音と破片が暗がりから跳ね返ってくる。命はない。もとからもっさんに命というものがあるのかどうかは定かではないけれど。

すぐに砕け散ったもっさんのもとに駆け寄って、核石を回収する。

そして、師匠の方を振り返ると、どこかいつもと違う神妙な雰囲気をまとっていた。

「…………」

「どうです？　いまのなら、縛りの条件が達成されてると思いますけど？」

接近戦を肉弾戦のみとするならば、これは離れた間合いからぶっ飛んで攻撃しているため、もしかしたら遠距離攻撃のカテゴリーに入るかもしれないけど――一応蹴って倒したのだからＯＫだろう。

「そうだな。合格としておこう」

「やった！」

師匠から合格と言われ、反射的に喜びの声を上げてしまう。これまで褒められること自体が少なかったし、なにより師匠みたいにめちゃくちゃ強い人から合格とか言われると、やっぱり嬉《うれ》しくなってしまうのだ。これまで及第点が多かったしね。

すると師匠が、

「今回はこれに関する技術を教えようと思ったんだがな」

「これって」

「接近戦だな。だけど、お前にはそれほど必要はなさそうだ」

そうなのだろうか。魔法使いができる接近戦の技術というのには、少なからず興味があるんだけど――

「アキラおまえ、わたしに言われなくても接近戦闘の技術を取り入れたのはなぜだ？」

「だって魔法使いが接近戦をするのって、ロマンあるじゃないですか？」

「ロマンか」

「ええ。遠距離専門の人間が敵に突っ込んで無双するのがカッコイイっていうか、そんなヤツです」

「ガキっぽい理由だな。だが、それでおまえも接近戦闘を？」

「僕のはただ猛スピードで突っ込んでぶっ飛ばすだけだから、接近戦闘なんて言えるようなものじゃないですけどね。さっきのだって、正直言えばグレーだったんじゃないですか？」

　僕がやる接近しての攻撃は、雷迅軌道《アメイシスオービット》を用いて、イナズマキックをぶちかますか、以前使用した『浸透せし遠雷の顫え《アメイシスシェーク》』を最接近して使うかの二種類しかないのだ。基本一撃離脱で、格闘しているわけではないため、師匠の考えているものとは齟齬《そご》があると思われるのだけど。

「いいや？　わたしはそうは思わないけどな？」

「そうなんです？」

「お前、自分で作っておいてわかってないのかよ？」

「ええと……」

「その魔法は、要は強速ムービングアクセルの延長線上のものだろ？　多少動きの自由度は下がるかもしれないが、応用はしやすいはずだ。お前みたいにどれだけ格闘技術がハナクソでも、適当に殴るだけで大抵のヤツはいまみたいに倒せてしまう。違うか？」

「確かに……言われてみればそうですね」

雷迅軌道《アメイシスオービット》を使えば、動きがやたら速くなる。師匠が言うのは、それを利用して敵に張り付き、目にも止まらぬ動きで相手を倒してしまえということなのだろう。相手がついて来られないような動きであれば、よほどの相手でない限り、分はこちらにあるということだ。

だけど――

「どうした？」

「いえ、師匠が接近戦とか重視してるのがちょっと意外で」

「そうか？　魔法使いが近付かれたら不利を被《こうむ》るのは常識だろ？　だから、接近戦ができなくても、対処法は必要なんだ。それに魔法使いが接近戦にも対応が利くというのは、対人戦にも効果があるしな。まさか魔法使いがこんな戦い方を……って思わせることができるだろ？」

「そりゃあ魔法使いが接近戦闘なんて考えないから虚は突けるでしょうけど、僕は人相手に戦ったりはしませんよ」

「強くなれば、そうも言っていられなくなる。そうじゃないか？」

「まあ、いろいろ絡まれたりは……するんでしょうね」

「する。それは絶対だ。人と嫉妬とは決して切り離すことはできないものだ。どんな聖人君子だろうと、少なからず嫉妬を持つ。持たない者は人ではないが――ま、それはいまはどうでもいいな。強くなれば、自分の力量を見せる機会も出てくるし、それが人の目に晒《さら》されれば、嫉妬から逃れることはできない。では、そうなったとき、だ。お前の嫌いな面倒なことになるのは目に見えているってことさ」

「後学のためにそういったときの解決策を教えて欲しいでーす」

「そんなの簡単だ。殺せばいい」

そうですねー。殺せばいいですよねー。殺してしまえば死人に口なしで……。

「…………」

「どうした？　急に黙り込んで？」

「あの……師匠？　殺すっていくらなんでも物騒すぎやしませんかね？」

「そうか？　それが一番手っ取り早いだろ？」

「いやダメですから。殺すとか人道的にいかがなものかと思うなー僕なー」

「この世の中、人道もクソもないと思うけどな」

「まず第一にどういう思考をたどったらそうなるんですか？」

「絡まれたらムカつく。ムカついたら殺す。以上」

なにこの論法。超怖い。

「師匠、もっと別の平和的な解決方法とか模索しましょうよ？」

「じゃあ再起不能だ。これなら十分後腐れない」

「……いや、あの、ですね。まず物騒なところから離れてくださいよ。ほんとお願いしますから」

しかし、僕の涙の訴えが聞き入れられることはない。師匠マジ非道。考えを変えるつもりはないようで、殺すか再起不能のどちらかしかないの一点張りだった。

「――だが、魔法使いがいつか直面する危機は、何も近接戦闘だけじゃない」

「あ、この件、流しちゃうんですね」

「ああ」

有無を言わさない一言が返って来る。もうこの件には触れるなということか。もう議論しても仕方ないか。

「…………それで、魔法使いの危機というと？」

「そのまま、魔法使いだ」

「自分よりレベルが高い魔法使いってことですか？　出くわさないのは不可避だから、それに逆転できる一手を持っておけと？」

「それもあるが、そういった小癪《こしゃく》なのはお前の専門だろ？　そこはわたしが教えなくても考えろよ」

「ま、そんなのに会ったら逃げるんですけどね」

「お前らしいな」

「僕に殺すＫＡＫＵＧＯとかまだ早いですし」

「じゃあ聞くけど、もしそのときが来たらどうするんだよ？」

「それはそのときに考えますよ。別に無理していますぐ答えを出しておかなくったっていいじゃないですか。きっとなるようになりますって」

「楽観的だな」

仕方ない。だってそんなの起こってみないとわかんないし。

「……それで、師匠が言いたいのは？」

「魔法使いに数で取り囲まれたときにどうするかだ。……そうだな。もし包囲されて、一気に魔法を撃たれてしまったら、お前はどうする？」

「防御の魔法を使いますね。バリアーとか、シールド的な」

「なら、そのあとは？」

「そのあと、ですか？」

「そうだ。防御の魔法を使ったあとのことを考えてみろ。お前はどうなる？」

「防御の魔法を使ったあとは……」

そんなもの、相手の魔法が止むまで、防御に徹するだけだ。

「あ――」

「気付いたな。そうだ。そこで防御に徹してしまうと、お前は倒れるまで魔法を撃たれ続けることになる」

確かにそうだ。多数の魔法使いを相手にしているのだから、タイミングをずらされて絶え間なく魔法にさらされることになる。相手方の魔力の総量よりも、魔力が多ければ問題はないだろうけど、そんなことはまずあり得ないわけで、連続エネルギー弾の如く撃ち込まれて動きを封じ込められる。受け手に回った時点でまず間違いなくジリ貧だ。抜け出す機会も見つけられず、そのままゲームオーバーだ。

「これからお前に教えるのは、そんな状況を打破するための手段の一つだ。もっとも、そうなった場合逆転ではなく逃げるために使うことになるだろうけどな」

「さすが師匠！　是非教えてください！」

「現金だよなお前。安全とか、逃げるとかって話になると特に」

「だってその方がいいじゃないですかー。相手を痛めつけるよりも安全だしー」

「人間相手だと嫌か。臆病だな」

「僕がヘタレなのは師匠も知ってるでしょ？　それで、その技っていうのは」

「ちゃんと教えてやるよ。だが、その前にまずは、だ」

「あ、あれですね」

師匠が言わんとしていることを察し、彼女から距離を取る。そして、カツン、と杖《つえ》を伸ばされた影へと打ち付ける。最近はこのやり取りにも慣れてきた。

「では、これからお前に教える魔導、それはフォースエソテリカ」

「フォースエソテリカ……」

「そうだ。体内で圧縮させた魔力を一気に爆発させて放出し、相手が放った魔法を消し飛ばす技だ」

「いまいちピンとこないんですが、それで相手の魔法を相殺できるんですか？」

「もっともな疑問だ。まあ多少かっこはつけたが、要するに相手が放った魔法に強力な魔力をぶち当てて、因果の綱に綻びを与えようってことだ。魔法に魔法をぶつけると、相殺することができるだろ？　要はそれと同じだ」

それなら、魔法をぶつけるのと結果変わらないと思われるが――

「なるほど、魔力を素のままぶつける分、魔法を使う手間が省けるから、すぐに次の行動に移れるってことですね」

「そうだ。それで相手を吹き飛ばすこともできるしな。もちろん相手の使った魔法の位階が高ければその限りじゃないが」

「そのときはどうせ負け決定でしょうしね」

「そうだ。じゃ、やるぞ」

「へ――？」

気付けば、師匠の周りには黒い闇の力がいくつも漂っていた。

――いつの間に魔法を使ったのか。洞窟内の暗闇とはまた別種の真っ黒な魔力の塊。まるで目玉の抜け落ちた眼窩《がんか》さながらにがらんどうとしており、覗き込めば吸い込まれてしまいそうなほど深くある――

いや、いまはそんなことを考えている場合じゃない。

撃たれる前に、先ほど言われたように体内の魔力を一気に身体の外側に解放しなければ、大怪我じゃすまないことになる。

ふと、黒い靄の隙間から、師匠の口元が、ニヤリと弓なりに吊りあがったのが見えた。

「うわぁああああああああああ!!」

殺到する黒の魔法に間髪を容れず魔力を放出する。

死に物狂いで放出した魔力は、なんとか師匠の魔法を相殺した。

「そ、そんな、いきなりやるなんて……」

「いきなりもなにも、やると言ったじゃないか？」

「だからってこの威力のヤツのこんなにしたら死ぬわー！　このドS鬼畜魔法使い！」

「おいおい、おまえ、叫んでていいのかよ？　わたしが一回だけで終わらせると思ってるなら、勉強不足だぜ？」

「ま、待って！　ちょっと待って！」

僕は切羽詰まった声を出したけど、当然聞き届けられるわけがない。

師匠はニヤッと笑って、

「やだねー」

「この鬼ー！　あくまー！」

「ほら、頑張れよ？　生き残らないとおっぱい揉《も》めないぜ？」

「うぉおおおおおおおおお!!」

倒すモンスターはそれほどでもなかった。だけど、師匠のしごきは地獄だった。人生そんなに甘くない。本日の教訓である。

……あと、このあと師匠におっぱいを触らせてもらったかどうかは、語るようなことではないだろう。

師匠はちゃんと約束を守る人だ。それで十分だと思う。ごちそうさまでした。

第10階層　食支援ならぬ食復讐

いま僕は異世界ド・メルタ、自由都市フリーダにある冒険者《ダイバーズ》ギルドの食堂にいる。

どうしてって？　そんなの軽食を摂るためだ。それ以外にないよ。もちろん食堂謹製《きんせい》のゲロマズ料理を食べに来たわけじゃない。きちんと自前で持ってきた。

今日持ってきたのは、この前の戦いで手に入れたモンスターの肉……といっても豚肉を使った料理だ。迷宮深度18【水没都市】の陸地にいる、女性冒険者《ダイバー》の嫌われ者、デカい猪豚くんである。

豚の角煮というか、沖縄のラフテーにしました。ほろほろのとろとろでめちゃおいしい。

なんとこれ、僕が作った！　……ごめん嘘《うそ》です。最初はだいぶお母さんに手伝っていただきました。僕はそこまで料理が好きってわけでもない一介の高校生なのだ。さすがに煮物関連はハードルが高すぎる。インスタントラーメンに始まり、タッパーに入れて付け込むとか、電子レンジ使うとか、「悪魔の～」「至高の～」とか言いながら飲酒して化学調味料をパパッと振りかけるくらいの人が教えてくれるお手軽レシピじゃないと失敗料理になることは請け合いなのだ。

でも、何回かやっているうちに僕一人でもできるようにはなった。

要するに調味料の比率と時間と火加減さえしっかり覚えればいいのだ。

材料はいっぱいあったので、調子に乗って作りまくった。

やりまくって冷蔵庫を占有してお母さんに怒られたのは言うまでもない。

味はどうだったって？　もちろん家族からは大好評だったとも。なんの豚かってところは適当なブランド豚の名前を挙げて濁しておいた。少なくとも異世界ではボス級《クラス》ってブランドが付いてるしね。もうマジ激ウマ。

ともかく前述の理由で、このラフテーの処理が急務になったというわけだ。

半分は隣に住んでる幼馴染《おさななじ》みのヒロちゃんにおすそわけしたので、一日二日でおなくなりになったのだけど、ストックはまだまだある。

僕がいざラフテーと、どっかの最後の島に行くみたいに息込んで、包みから取り出してお食事に取りかかろうとした折。

「く、クドー？」

「あ、エルドリッドさん！　こんにちはー」

そこにいたのは、ライトゴールドのぺたんとしたケモ耳と、同色のふさふさ尻尾をお持ちになった尻尾族の女の子、エルドリッドさんだった。

この前、迷宮で遭難しかけていたのを、たまたま助けた高ランキングの冒険者《ダイバー》さんだ。僕が到着したときには、すでにアダルティな感じで体液まみれにされており、動けなくなっていた。そこを僕が珍しく、ほんっとうに珍しく颯爽《さっそう》とした感じで倒したわけだけど、彼女とはそのときに知り合いとなった。

ちなみにそのモンスターはすでにこのラフテーの材料となっているわけだけど。

にしてもエルドリッドさん、今日は随分とラフな恰好だ。以前は鎧姿《よろいすがた》で完全防備だったけど、今日は重たいものは背負っている大振りの剣だけ。騎士装束っぽい赤い衣装を身に着けているけど、ノースリーブだから綺麗《きれい》な脇とか、女の子特有のふくらみの横部分とかが見えちゃうのヤバい。あと下の前掛けみたいな部分どうなってんのか甚だ疑問。スパッツくらい穿いてないとふとしたときにひらひらするから、見てる方もはらはらしそう。

っていうかエルドリッドさん、なんだかモジモジしててぎこちない。普段はイケイケオラオラっぽく見えても、実は結構恥ずかしがり屋さんなのだろうか。人って見かけによらないなぁ。

「クドーはこれから迷宮に行くのか？」

「そうそ、今日はご飯食べたあとに。エルドリッドさんは帰り？」

「うん。オレの方の戦果はまずまずだったけどな」

そこで、ふと気が付いた。迷宮からの帰りにしては随分と身軽である。

「あれ？　じゃあ荷物は？」

「ある程度ランキングが上がると荷物を家に送ってもらえるサービスが受けられるんだ」

「へえ、そんなのあるんだ」

「ま、こいつは手放せねえけどな」

エルドリッドさんは不敵に八重歯を見せて、背中に背負った大振りの剣の柄を軽く引いてアピールする。確かに治安的に不安があるフリーダでは、武器は手放せないだろう。高ランキング帯にいるエルドリッドさんなら素手でも心配はなさそうだけど。

それに反して、常にケモ耳はだらーんで、尻尾もふりふりしてるところが可愛《かわい》らしい。

「どこに行くんだ？」

「森に行って草むしりかな」

「草むしり？」

「薬草《テア》をちょいちょいとね。自分でも使うし」

「もしかしてポーションも作れるのか？」

「うん。あ！　これ人には言わないでね」

「あー、確かにそりゃ作ってくれってヤツが殺到するだろうな。そうでなくても魔法使いだし、出入り口でもよくやってるけど、勧誘とか？」

「そう……あれ、僕苦手なんだ……」

「気持ちはわかる」

その後、エルドリッドさんはあまり口外しないことを約束してくれた。

なんていうか豪快さんな振る舞いをしている割には、真面目な感じといい人っぽさが端々からにじみ出てるので、信頼できる。

それはそうと、僕のご飯である。

最近は迷宮に入るため、晩御飯の前にこうして軽く食べるのだ。っていうか食べないと持たない。怪着族の人たちじゃないけど、空腹で動けなくって遭難しちゃう。

この角煮は食堂に来てすぐ、係のおばちゃんに蒸し器を使ってもらって温め直したものだ。この角煮、なんと言っても照りがいい。きつね色とか飴色《あめいろ》とか。おいしそう。我ながらほんとよくできたと思う。

レベルが上がると記憶力も良くなるし、こうしておいしいものも食べられる。恩恵バリありまくりである。

蒸した包みから取り出すと、ふわっと湯気が立ち上る。それと共に、香ばしさの中に仄《ほの》かな甘さを感じさせる香りが、僕の鼻の奥をくすぐった。

ふと、エルドリッドさんの目が角煮に釘付《くぎづ》けになっていることに気が付いた。口の端からちょっとだけ涎《よだれ》がたらーんとしている。帰ってきたばかりでお腹空いてるのかな。エルドリッドさん、もう完全にわんこ。

直後、エルドリッドさんのお腹が鳴った。すぐに焦ったように手を動かす。

「あう、いや、これは、その」

「大丈夫大丈夫。迷宮行ってきたらお腹減るの普通だから。もしよかったら食べる？」

「え？　あ……いいのか？」

「いっぱいあるから問題なし」

僕はそう言って、『虚空《こくう》ディメンジョンバッグ』から角煮の入った保存容器を取り出す。

僕の分はこれをまた温めてもらえばいいだけだ。心配するな。沢山ある。

山盛りのラフテーを差し出す。

「じゃあ、御馳走《ごちそう》になろうかな」

「どうぞどうぞ」

僕がフォークとナイフを出すと、エルドリッドさんはそれを使ってラフテーを口に運んだ。

やがて二、三度の咀嚼《そしゃく》のあと、ケモ耳と尻尾をピーンと伸ばした。

「う、うまい!!」

反応ありがとうございます。

「これに挟むとおいしいよ」

そう言って、山裂のパンを出して挟んであげる。とろっとしたタレをかけてあげたものに、はむりとかぶりついた。

「ああ、とろとろ～」

蕩《とろ》けた顔のエルドリッドさんは、とても幸せそうだ。食べてみたら飛んでしまった感ある。

「はぅ……うまいよぉ……」

すぐにまた、陶酔《とうすい》交じりの可愛らしい声を出す。腰砕けになって骨抜きヘロヘロになってしまったような状態だ。

その後も、ニコニコしながら角煮を口に運んでいる。

ケモ耳が動き、尻尾パタパタ。尻尾族の人は感情が表に出やすいからわかりやすい。お肉を食べてるわんこ状態である。エルドリッドさんは尻尾族的にもわんこなんだけどさ。

「これ、この前の『大猪豚《ビッグビッグ》』なんだ」

「へえ、これがアレなのか……なら、これも一種の復讐《ふくしゅう》だな」

そう言って、ラフテーのかけらを小さなお口ではむりとかじりつくエルドリッドさん。この場合復讐って聞くと豪快にかぶりついて引き千切るライオンさんムーブを連想するけど、彼女の場合は随分と可愛らしい。いやまあ、少しずつなぶるように食べるって言い方すればそれなりに怖いんだけどさ。

「意外だな。あれがこんなに、目ん玉飛び出るくらいにうまくなるなんて思わなかったぜ」

「あれもともとおいしいから、ちょいちょい手を加えればこんなもんですよ」

「でも料理はなぁ。結構難しいだろ……」

「意外と簡単だよ？　材料さえあってレシピ通りにやれば、あとは、火加減をどうするかだけど」

この世界で煮炊きには専用のストーブを使っているから、向こうと同じようにはできない。その辺は調理器具も合わせてよく確認する必要があるだろう。あと、レシピは忠実に守ることも重要だ。量をきちんと計ること。それを適当にするから料理はおいしくなくなるのだ。隠し味なんかスケベ心出そうものなら、一瞬でバランスが崩壊するほど危うい綱渡りなんてこともあるのだから。

「うまかった。ありがとうな」

「喜んでもらえてよかった」

そんなやり取りをしたあと、エルドリッドさんが何かを思い出したような顔を見せる。

「そうだ。クドー、あのときの礼なんだけど」

「あれ、気にしなくていいって」

「それじゃオレの気が済まないっていうか、負い目にしたままにはしたくないっていうかさ」

「あー、友達なのに遠慮しちゃうの嫌ってヤツかぁ」

「お、おう……」

「わかった。じゃあ今度一緒に迷宮に潜ろう。そのときにお手伝いなんてしてもらえれば。【常夜の草原】とか」

「いいぜ。任せろ。あそこはオレも時々行くからな」

エルドリッドさんはぽんと胸を叩く。ぽん、というか、ぽよん、なんだけど。

「あ！　ちょっと聞きたいことがあるんだけど」

「なんだ？」

「ちょっと醤油《しょうゆ》って言ってみて欲しいんだ」

「なんだそれ？　まあいいけど……ショウユだったか？　これでいいか？」

「オーケー。ばっちり……なんだけど、うーん。やっぱりその言い方が普通だよねえ」

「どうかしたのか？」

「ううん。僕の友達の一人が醤油のことショウユウーって不思議な言い方するから気になって」

「オレは言われた通りに言っただけだけどな」

あれってほんとなんなんだろ。種族的な発音なんだろうか。よくわかんない。

階層外　とあるポーションマイスターの戦い

――その日ポーションマイスター、メルメル・ラメルは、ポーション作りの傍ら、いつものように病床の母の看護に携わっていた。

「お母さん、これ、今日の分のお薬ね」

「いつも、すまないね」

「いいの。気にしないで」

ベッドで休んでいる母に、余計な気遣いをさせまいと微笑《ほほえ》む。それが、母とのいつものやり取りだ。すまなそうにする顔に、作った笑顔を返す。いつからか、立場が反対になってしまったそれを、欠かさずに。

カーテンを開けて陽の光を取り入れていると、母が苦しそうな咳《せき》をする。喉ではなく、肺の底から響いてくるような重苦しい音。嫌な咳だ。もう長いこと肺を病んでいる。これが、自分を女手一つで育ててくれた代償なのか。そうであれば、あまりにひどい仕打ちではないだろうか。

――メルメルの家は代々続く、ポーションマイスターの家系だ。ポーションを作る技法を伝え、癒しが必要な者にその奇跡を与える一族。それは黄兄神《おうけいしん》トーパーズの慈悲によりこの世に薬草《テア》が生まれたのと同時に、その恩恵を広く人々にもたらすため、トーパーズがその精製法を魔法の素養を持つ者たちに伝えたのが始まりとされる。

母も祖母から教えを受け継ぎ、そして自分も、その教えを守ってポーションを作っている。

――ポーションは使う人たちのためを思い、全身全霊をかけ、正しく作らねばならない。

それが、ラメルの一族がしかと守ってきた、信念ともいえる一条である。

しかし、自分たちがいくらその教えを守っても、報われることはなかった。正しく、手間をかけて作られたラメルの家のポーションは、祖母の代から量産品のポーションに押され、家は次第に傾き、母の代になってからはそれが顕著になって、いまではラメルの家のポーションも、他の量産品と変わらない扱いを受けている。それればかりか、大手の工房の生産量に圧迫されて、取引先も減る始末。ポーションがいくら貴重品だとは言え、卸し先がなければ金銭を得ることはできない。それは、至極当然のことだと言えるだろう。

……母の世話も終わり、ポーション作りの作業も一段落着いた。しかし、これでメルメルのやることが終わったわけではない。これから、卸し先に代金の回収に赴かなければならない。そんな、気が重い作業が待っている。

「じゃ、行ってくるから」

「気を付けてね……最近は何かと物騒だから」

「心配しないで、お母さんは横になってていいから」

そう声をかけるが、母はやにわに身体を起こし、

「メル……」

「なに？」

「真面目に頑張っていれば、いつかは報われるわ。たとえいまが辛くても、じっと我慢して堪えていればきっと良くなるから。だから、頑張りましょう？」

「そうなのかな？　本当に、よくなるのかな？」

「ええ。だってこの世界は、神様が見ててくれてるんだもの」

「……そうね。行って来る」

「いってらっしゃい」

「うん」

そう返して、安心してよとまた作った笑顔を向ける。ただ休んだところで治るわけではないが、いまの自分には、そう口にすることしかできなかった。

――真面目に頑張っていれば、か。

「頑張って頑張って、それでどうなるっていうのよ……」

真面目に堪え続けてきた結果が、この状況だ。いくらポーションの品質の向上に力を注いだところで、結局、何も変わらない。いや、むしろますます悪くなっているのではないか。

そう口にした母だって、頑張った結果があれなのだ。

寝る間も惜しんで、あんなに、頑張ってきたのに。

（お母さん……）

だからせめて、せめて母の調子だけでもよくなればと思う。楽な暮らしがしたいなどと、わがままは言わない。だけどせめて、ずっと頑張ってきた母だけは、助けて欲しかった。いい治療を、受けさせてあげたかった。

「もっと高く売ることができたらなぁ……」

ポーションの卸値が安い……とまでは言わないが、決して高くもない。

以前はいまよりももう少し相場も高く、ポーションの出来によって値段の交渉もできた。

しかし、ポーション購入先の大手である冒険者《ダイバーズ》ギルドの方針により、フリーダで販売されるポーションが冒険者《ダイバー》たちの手に届きやすいようにと、冒険者《ダイバー》に販売するポーションの割り引きと売値の均一化が図られてから、歯車は大きく狂いだした。

ポーションの割り引きでは、メルメルたち『個人の小規模な工房』は、大きな痛手を受けることはなかった。価格を下げた冒険者《ダイバーズ》ギルドも、ポーションマイスターたちのことはしっかりと考えていたのか、下げた分の負担は自分たちでするようにショップに助成金を出すという取り決めをして、マイスターたちの負担にはならないように気を遣ったからだ。

しかしもう一つ、売値の均一化が、小規模な工房に思いもよらぬ打撃を与えることとなったのだ。

売値の均一化を図ったことにより、確かにフリーダのポーションの価格は一定になった。だがそれゆえ、どれだけ品質のいいポーションを作ったところで、ポーションの卸値が上がる、上げられることもなくなったのだ。

そして、それによって起こったのが、品質のいい小規模な工房の倒産だ。

冒険者《ダイバー》へのポーションの売値が一定になったことにより、ポーション一個当たりの卸値も一定化、それによって競争の焦点は質から量へと変化した。そこで、個人の小規模な工房が、ポーションを量産のできる大手の工房に、取引先を圧迫されるという事態になったのだ。

卸し先のポーションショップも、ポーションの仕入れに関しては競争をしている状態だ。

数の少ないポーションを如何に大量に仕入れるか、その量が店の生死にかかわる。そこに付け込んだ大手の工房が、自分のところで作った大量のポーションを人質に、卸し先にこう持ち掛けるのだ。他の工房——競争相手からの仕入れを止めれば、優先的にポーションを回すと。それに従わなければ、ポーションは一切卸さない、と。

公認店のような基盤を持たないポーションショップはそれに従わなければならず、であれば個人の小規模なポーション工房は倒産の憂き目を見る。ごく自然なことだ。そのせいでもう随分と、小規模な工房がなくなった。次はどこか。もちろん、メルメルの家もその中に入っている。以前はもっとあった卸し先も、いまは二つだけとなって久しい。ポーションをすべて卸すことができなくなれば、生活が立ち行かなくなるのは目に見えている。

「頑張ったって、もうどうしようも……」

自分が頑張ったところで、大手の専横が止まるわけではないし、いくら良いポーションを作ったところで、このような事態を招いた冒険者ギルド《ダイバーズ》は何も手を打ってくれないのだ。神様が見ていると母は言ったが、そんなことはない。神様たちは世界の維持にかかりっきりであるため、個人のことを見てやる暇がない。努力を続けていれば誰かがどうにかしてくれるなんて、闇雲に希望を抱いて生きたって、結局何も変わらないのだ。

……やがて一つ目の卸し先に到着すると、店先からくたびれた中年の女性が現れる。

「代金を引き取りに来ました」

「ああ、メルちゃん？　これ、今月分ね」

「ありがとうございます」

女性から売り上げを受け取り、礼を言うと、彼女は疲れたような顔を向けてきて、

「メルちゃん」

「はい？」

「その、ちょっと言いにくいんだけどね……」

「え……？」

ふと向けられたのは、罪悪感のにじんだ顔だ。いやな予感がする。いや、嫌な予感もなにも、それは何度も経験したものだ。この表情を見せた取引先に、何度、あの言葉を言われたか。

「申し訳ないんだけどね、メルちゃんの工房との取引、今日限りにさせて欲しいんだ」

……果たして、嫌な予感は的中した。

「こ、困ります！　デイマさんのところに卸せなくなったら、うちの工房は……」

「わかってる。でも、こっちも商売なんだよ。ポーションを数揃《そろ》えられなくなったら、ウチだって生活できないんだ」

「そんな……でも、どうして急に」

「イルネス工房の人が、メルちゃんの工房と取引を続けるんなら、ウチとは取引してくれないって」

「……また、イルネス工房ですか」

イルネス工房。最近フリーダで急激に規模を拡大している規模の大きなポーション工房だ。いくつもの工房から職人の引き抜きなどを行って、ポーションの大量生産ができる地盤を作り上げ、そのシェアを伸ばしているのだという。いま女性が口にしたように、裏で圧力をかけ、小規模の工房から卸し先を奪い、ライバルを潰しにかかっているのもここだ。

「まだメルちゃんのところはいいよ。ギルド公認のショップに卸せるんだからさ。……そっちは、絶対放すんじゃないよ」

「…………はい」

無理に続けてくれとは言えなかった。無理に続けたところで、いずれはあの手この手を使って取引を止めさせられるのだから。

卸し先を一つ失ったあとの足取りは、ひどく重かった。当然だ、このまま取引先がすべてなくなれば、生活は立ち行かなくなる。確かにポーションは貴重品で、常に誰もが欲している状態にあるが、卸し先がショップから個人になると話はまた変わってくる。

個人で売るとなれば、販売先は一般か、冒険者《ダイバー》かのどちらかになる。一般は冒険者《ダイバー》と違い割引がなされないため、ポーションを高い値段のままで買わなければならず、ほとんど買ってはもらえない。反対に冒険者《ダイバー》に売るにも、ギルド負担の割引された値段に慣れているため、こちらも買ってもらえない。ならば金持ちはとなるが――こちらはお抱えのマイスターや医者、腕のいい魔法使いに頼るから買ってもらえない。いずれにせよ、ショップを通さない状態でのポーションの販売は不可能に近いのだ。

それでは、定期的な収入は見込めない。そうなれば、工房の維持費はおろか母の薬代も払えなくなってしまうことになりかねないのだ。

そんな未来を思い浮かべると、どうしたって気が重くなる。

「やっぱり、もう……」

大通りの喧噪とは裏腹に、心はひどく沈んでいた。通りを賑《にぎ》やかす元気な声、歓喜の声が、いまはとても耳障りで仕方がない。それゆえ、人が多すぎて通れなくなっているというのは、いまの自分には好都合だった。だって、静かな道へ逸《そ》れることができるのだ。うるさい雑音に、身を浸さなくてもいい。

しかし、それが仇《あだ》となった。

「あ……」

ぼうっと歩いていたせいで、気付くことができなかった。

路地裏の中の方まで、足を踏み入れてしまっていたことに。

……自由都市フリーダの路地裏の奥は、危険地帯だ。戦いに慣れた冒険者《ダイバー》だって、普通は踏み込む前に自制が働く。

――フリーダの中心部へ続く路地裏に一度でも足を踏み入れると、二度と出ることはできない。

それは随分前に名を馳《は》せた冒険者《ダイバー》の言葉だ。モンスターの蔓延《はびこ》る迷宮を擁《よう》する都市の真ん中が、街で最も危険な場所だとはある意味痛烈な皮肉だろう。

そんなことになっている理由は、ここ自由都市フリーダの成り立ちが他の都市と比べてかなり特殊というところにある。

もとは小規模な城塞都市を改修して造られたこの都市は、神々の威光と冒険者《ダイバーズ》ギルドの発展で、王国の自治州ながら諸国と比肩するほど巨大化したが、その反面それに伴う激しい人口流入と無計画な建設のせいで、街の造りがひどく乱雑であり複雑怪奇となっている。

もとの城砦部分や城下町は中心部に取り残され、増築された部分ばかりがどんどんどんどんと発展していき、賑わいは外側へ外側へと移ろい、それに伴い行政や主要機関も外縁部へ。いつしかフリーダの中心部はスラムとなり、都市の表部分が発展するにつれ、それに比例するように中心部の闇もまた深まった。

――城砦街《カオルーン》。それが、フリーダの路地の先にある、混沌《こんとん》。都市法は言わずもがな、陽の光はおろか行政の目、神々の目さえも届かない危険地帯だ。

いまこの薄暗い路地裏からでもよく見える、中心にそびえ立つ、あせて黒く腐食した本城。表側の人間は誰一人として入ったことのないと言われるそこは、常に不気味な紫の光を湛えており、モルタルと混凝土《コンクリート》、硬砂岩《こうさがん》で造られた使い古しのアパートメントが城壁さながらに取り囲んでいる。この先にある旧市街はまるで迷路のように入り組んでいるとされ、入ったらまず抜け出せないとの言葉は、ここから来ている。

……つまり、奥まで踏み入った者は誰もいないということ。

そしてそこに澱《おり》のように溜《た》まるのは、当然あぶれものばかりだ。手前や中ほどならばまだゴロツキやガラの悪い者たちだけで済むが、奥に行けば行くほど、危険な者がひしめいているという。

真っ当なフリーダ市民であれば、見えない境界線から先には絶対に進まない。中ほどまで来てしまえば、それこそ命に関わるのだから。

「は、早くどこかに抜けなきゃ……」

このままではマズいと、焦って震え声を出した、そのときだった。

「そんなに急いでどうしたんだい？」

「ひ――」

突然背後からかけられた声に、背筋と肩が跳ね上がる。おそるおそる振り向くと、そこにはくたびれた革鎧《かわよろい》をまとった二人の大柄な男たちが立っていた。

女の独り歩きに親切で声をかけてくれたわけでは――ない。ニヤニヤとした表情には下卑《げび》た想像が漏れ出している。薄汚れた革鎧と、手入れの久しい髪。不審さが革鎧をまとって歩いているような見た目。路地裏に住み付いた冒険者崩《ダイバー》れか。このままでは間違いなく、かどわかされる。

母に気を付けてと言われたばかりなのに、この体たらくとは。

身構えて、後ずさりすると、男の一人が、

「おいおい、ちょっと声かけたくらいで怖がることはないだろ？」

「…………」

答えずにそのまま黙っていると、隣の男が品のない笑い声を上げた。

「ははは、おいおい、お前とは話したくないってよ？」

「けっ、外から入って来る女は随分とすかしてんのな」

「なあ、俺たちとちょっとだけ遊ぼうぜ？」

片方の男が悪態をつく一方、もう一人の男が薄気味の悪い笑顔を向けながら迫って来る。

腕を取られそうになるのを察して、腕を引いた。

「い、嫌です！」

「おっと、そう言わずによ。折角こんなところに入り込んだんだ。ここのルールを、みっちり教えてやるよ。へへへ……」

じりじりと迫って来るのを見て、逃げなければと思うも、しかし来た道は男たちによってふさがれている。だが、このままごついていれば彼らのいいようにされてしまうのは目に見えている。

（そんなの……）

そうなったときのことを想像し、背筋が寒くなる。それは絶対に嫌だ。見も知らぬ男どもに、肌を触れさせるなど考えただけでおぞましい。

ならば、一か八か、奥に逃げるか——

「お？　どこに逃げるんだ？　まさか、奥に行くつもりか？　ははっ、やめとけやめとけ。お嬢ちゃんみたいなか弱そうな女が奥に一歩でも足を踏み入れちまったら、それこそ骨も残らねぇぞ？」

「おいおいそれは食われるときの話だろうが？　ま、少なくとも無事な状態で外に出ることはできないだろうけどな」

――手足を切られて奥の連中の慰み者になるか。奴隷の首枷《くびかせ》を付けられて売り飛ばされるか。生きたまま腑分けされて、薬の材料にでもされるか。怪物どものエサになるか。

笑い声と共に浴びせられる世にもおぞましい話に、足がすくんで動かない。

「俺たちに保護された方が、安全だと思うぜ？　ほら？」

「え――？」

なにかを指し示すような男の声に誘われ、奥の闇に目を向ければ、闇の中に赤い点のような光がいくつもいくつも輝いているのが見えた。やがてすぐにそれが、生き物の目だということに気付く。なんの生き物かまではわからない。だが、獣やモンスターのようには思えない――

狙われているのか、自分は。前にも後ろにも、敵ばかり。挟まれた。助かる未来が思い浮かばない。

（い、いや……）

どうすればいいのか。考えても、思いつかなかった。抵抗するにも、ポーション作りにばかり特化した自分の貧弱な魔法では、背後の冒険者崩れ《ダイバー》にも、目の前の闇の中の何かにも、効果は期待できない。

――もう、どうでもいいのではないか。

ふいに頭の中に響いたのは、諦めを促すようなそんな言葉。その言葉を認識した途端、身体の力がすっと抜けてしまった。

「あ――」

このまま頑張って生きたところで、どうなるというのか。どうせ工房は傾いたまま立て直すこともできず、いずれ大手の工房に取引先をすべて持っていかれる。工房の維持費は払えない。生活費も賄えない。母の治療費も捻出できない。終わりだ。ここで無事に逃げおおせたとしても、フリーダでその後生活できるビジョンが見えなかった。

「…………」

「お？　諦めたか？　だよな、それしかねぇもんな」

「へへ、それじゃ、遠慮なく……」

冒険者崩《ダイバー》れたちが迫って来る。じりじりと。舐《ねぶ》るように。

そんな中、前方にあったその赤い輝きが不意に消えた。それと同時に、奥の闇の中から足音が聞こえてくる。

奥の闇の中の何かも、自分に狙いを定めたのか。そう思った、そんなときだった。

「あ、ごめんごめん、待ったー？」

そんな気安げな声と共に、一人の少年が闇の中から現れたのは。

「え――？」

「あ？」

「お？」

そんな呆気《あっけ》にとられたような声は、自分と男たちが発したもの。突然にこやかな表情で現れた少年に、困惑が隠せない。

闇の中、路地裏の奥から出てきたのは、なんの変哲もない普通の少年だった。

茶色がかった髪の毛はところどころ跳ねたくせっ毛で、ゆるくふわふわに切り揃えられており、表情は柔らかく優しげで、子供っぽさを感じさせる。背丈は自分よりも少し高い程度。同じ年頃の少年たちと比べれば、少し小さい程度か。見たこともない不思議な恰好をしており、背中には大きめのバッグが一つ。冒険者《ダイバー》だろうか。まるで荷運び役《ポーター》と呼ばれる、迷宮探索で得られる自生した素材やモンスターの核石《かくせき》を持ち運ぶ者のよう。印象ゆえ違うかもしれないが、しかし路地裏の住人にしては、まったくと言っていいほど毒気がない。どこにでもいそうな、本当に至って普通の少年にしか見えなかった。

彼は自分の方を向いて、気安げに手を振っている。まるで、ここで恋人との待ち合わせでもしていたかのように。周囲には他に誰かいるわけでもない。ならば、やはり声をかけたのは自分になのだろうか。心なしか、顔色が悪いようにも思えたが——。

「おい、テメェなにモンだ？」

男の一人が凄《すご》むと、少年は居心地が悪そうに両手の指をつんつんさせ、頼りなさそうな声で言う。

「え、えっと、彼女と待ち合わせしてたんですけど……」

「ふざけてんじゃねぇぞ？　こんなところで待ち合わせなんかするわけあるかよ？」

「いやー、最近マンネリ化してきたからたまには別のところにしようって話になって、ここならいつもと違ってすごいスリルを味わえるかなってそれで……えへ」

「この女は俺たちと遊ぶんだ。お前みたいなもやしの彼氏はお呼びじゃねぇんだよ」

「へへ、黙って見てる分なら、別に構わねぇぜ？」

「いやー、僕そういう特殊な性癖とか持ってないからアルファベットでエヌティーアール的な展開はちょっと無理って言うか……」

「じゃあさっさと消えな」

「……えっと、どうしても帰らなきゃダメですかね？」

「たりめーだ！　ひっこめやオラ！」

「ひいっ！」

少年はやにわに大きな声を出されて、ビクついた。人のよさそうな少年が、勇気を振り絞って助けようとしてくれたのだろう。だが、この冒険者崩《ダイバー》れのような男たちは、体格もよく、武器を持っている。対して少年は武器もなく、大きなバッグが一つのみ。男たちがもやしと評したように、ほっそりとしていて荒事にはまるで無縁そう。これではお話にならない。

「逃げて……」

「いやー、でもそう言うわけにもいかないでしょ……」

自分の不注意がもとで迷惑をかけたくはなかったが、少年は頷《うなず》かなかった。どういうわけか、男たちを恐れているにもかかわらず、どこか余裕があるというか、他人事《ひとごと》というか、困ったような雰囲気を醸し出している。……あと何故かやたらと顔色が悪いのは、何か悪い物でも食べたのだろうか。

するど、男の一人が剣を抜いた。

「失せろガキ。斬られたくなかったらな」

「だからそういうわけにもいかないって言ってるんだけどなぁ……」

「じゃあどうするんだ？　このまま俺に斬られたいってのかよ？」

「あ、それは嫌です。無理です。痛いのとか超苦手なんで」

「テメェ、ふざけるのもいい加減にしろよ……」

「僕はふざけてるわけじゃないんだけどなぁ」

少年はふと、服の袖部分からなにかを手元へと滑らせた。

「あんまりこういう脅しっぽいのは好きじゃないんだけど……これ、どう思うかな？」

そう言って少年が見せたのは、

「ま、魔杖《マジックロッド》!?」

「魔法使いだと!?」

「ま、一応ね」

――魔杖《マジックロッド》。魔法使いが持つ、魔力の調整装置《アダプター》だ。魔法使いの発する魔力は常に一定ではなく、感情などに左右されやすい傾向があるが、魔杖《マジックロッド》を通すと不定形な魔力を適切な波長に変換して、術式に送り込むことができる。先端についている宝石の大きさによって、調整できる魔力の量も変わると言うが――

「は、ハッタリだ！　こんなひょろいガキが魔法使いなわけあるかよ！」

「いやその言い分はおかしいでしょ？　どう考えても筋肉ムキムキでガタイいい魔法使いの方が不自然だって……いや、まあ絶対にないとは言い切れないけどさ。そっちはたぶん少数派だよ？　マイノリティーマイノリティー」

男のとんちんかんな台詞《せりふ》に、少年は呆《あき》れている。

ともあれ、魔杖《マジックロッド》を見て動揺し始めた男たちに、少年が、

「で、どうするの？　僕も人間相手にはあんまり属性魔法とか使いたくないんだけど、どうしてもって言うならやるよ？　ただ、あまり手加減に向いてない属性だから、最悪とんでもない目に遭うってことは理解して欲しい」

そう言うや否や、少年は周囲に魔力を溢《あふ》れさせる。しかしてそれは、これまで感じたことのない強大な魔力だった。自分もマイスターであるため、ある程度の魔法はたしなむが、そんなのとはまるで次元の違う質と量。おそらくは気が遠くなるほどの高いレベルの魔法使いだ。自分と変わらない年ごろにもかかわらず、宮廷にいるような老齢した魔法使いなみの魔力といっても過言ではないだろう。

「ひっ――!!　あ、あああああああ……」

「うぐっ……」

冒険者《ダイバー》崩れの二人は……すでに戦意を喪失していた。腐っても冒険者《ダイバー》であった者たちであるため、レベルの高い魔法使いの恐ろしさが身に染みてわかっているのだろう。いや、こんな濃密な魔力が渦巻く場に置かれれば、よほど剛の者でない限り堪えられないはずだ。

（殺気も乗せずに、このレベルなんて……）

魔法使いは、魔力での威圧に殺気を乗せる。威圧したい対象の周囲を術者の殺意で満たすのだ。それが心に与える衝撃やダメージは、相当なものになるとのこと。当然それは、魔力の多さや質でいかようにも変化するため、レベルの高い魔法使いになると、発するだけで相手を昏倒《こんとう》させることができるとも言われている。

「わ、わかった……わかったわかったわかった！　俺たちが悪かったから！」

「も、もうこの子に手は出さねぇ！　だから許してくれ！」

目を紫の魔力光で輝かせ、首に魔力斑を浮かび上がらせて、斜めに構えて佇《たたず》む少年。先ほどまでの怯《おび》えは、一体どこに行ったのか。半身を路地裏の鬱屈《うっくつ》とした陰に浸して、いまは魔法使いらしい陰気で剣呑《けんのん》な気配をまとっている。

そんな彼に、男たちが地面に頭をこすりつけるくらいに平伏して懇願する。少年は魔力を高めたまま、首を横にクイッと捻《ひね》り、目の前から消えろと指示すると、冒険者崩《ダイバー》れたちは命からがらといった風に半泣きになって走り去っていった。

そんな後ろ姿を見て、魔力を収めた少年がポツリと漏らす。

「そんなに怖がらなくったって。怖かったのは僕の方だったってのに……ねぇ？」

「え……」

「ホラ見てよ、脚が……」

指の示す先には、少年の膝があった。よくよく見れば、膝から下がガクガクと小刻みに震えている。顔を上げれば目はウルウルで目尻にも涙。あの男たちがそんなに怖かったのか。いや、しかしそんなはずは――

「それで、大丈夫？」

そんな状態で無事かどうかを訊ねてくるのは、なんだかおかしくなってしまうが――

「ええと、はい。おかげさまで助かりました。ありがとうございます」

「でも、どうしてこんなところに？」

「冒険者《ダイバーズ》ギルドの方に向かっていたんですけど、道が人でふさがれてて、それで」

「あー、僕とおんなじ理由だねー。僕の方は帰り道だったんだけど。あ、あっちに抜けると、安全だよ？　僕もあっちを通ってここにきたからさ」

「……あちらは路地裏の奥ですけど」

「大丈夫だいじょーぶ。すぐに右に曲がれば抜けられるから、危険はないよ」

助けてくれた彼がそう言うのなら、そうなのだろう。抜け道は決まった。

「重ね重ねありがとうございます……」

「…………」

お礼を言った折、ふと少年が自分の顔を覗き込むように注視してきた。

「……あの、どうかしました？」

「いやね。君、元気ないでしょ？」

「それは」

言われて、ドキリとする。未来に対する不安が、思った以上に顔に出ていたのか。

すると少年は、また袖口に魔杖《マジックロッド》を滑らせ、

「ついでだし、ちょっと魔法をかけてあげるよ」

「は？　え？　魔法って」

「あ、安心して、攻撃的なのとか呪い的なのとかじゃないから。元気が出る魔法」

そう言うと、彼は呪文を唱え、

――勇心《ゆうしん》ブレイバーマイン。

そんな、聞いたこともない汎用魔法の名前を口にした。

「あ……」

途端だった。つま先から頭のてっぺんまで、柔らかく温かな魔力で満たされ、心が充足感で溢れてくる。いままでしこりのように心に巣食っていた未来への不安が、まるで気にならなくなった。

（こんな、ことって）

——強化の魔法か。いや、身体能力が上がった事実も、魔力が一時的に増えた事実もない。ただ心が、心が元気なときの状態に、立ち返った。

これは、いつだったか。初めてポーションを作りあげたときの、あの希望に満ちたあのころの——

「元気ってのはエネルギーだからさ、身体を動かすのと同じで何か補給しないと出せないでしょ？　楽しいこととか、いいこととかさ。でも、僕らにはホラ、魔法っていう理不尽《チート》があるわけで。こうやって元気を出してあげることができるのです。厳密にはこれ元気じゃなくて勇気なんだけどね？」

そんなことを言ってイタズラ小僧のように微笑む少年。

そんな彼に、気付けば訊ねていた。

「……どうして？」

「うん？　だって君、いまにも死にそうな顔してたからさ。それも会社クビになって、電車に飛び込む前のサラリーマンのおじさん並みに悪かったよ。もう死んでるんじゃないかってくらいひっどい顔だった」

たとえはよくわからなかったが、よほどひどい顔をしていたらしい。

「元気さえあれば、世の中意外となんとかなるよ？」

「そう……ですかね」

「そうそう。周りが死体ばっかりで僕たちもすぐにああなるんだーっていうような、超絶体絶命ってときにも、頑張れば案外なんとかなるし。これもなにかの縁だからさ、僕がかけた魔法の分だけでいいから、もうちょっと頑張ってみてよ。ね？」

彼の笑顔を見ると、もう少しだけ、もう少しだけ、頑張ってみようかという気になる。

「……はい、わかりました」

「オッケー、じゃあ気を付けてね」

優しげな調子でそう口にする少年、先ほどから気になっていたことを指摘する。

「あの、失礼ですけど、その……あなたも顔色、悪いですよ」

「あー、うん。それは、わかってるから。気にしないで、大丈夫だから」

「は、はぁ……」

顔色の悪さは、すごまれたのがよほど精神に来たからなのかとそう思ったが、どうやらそうではないらしい。少年は、去り際、「オカマ……オカマ……うおぇっ」とえずいていたのが印象的だった。

――ともあれ、これで無事に路地裏を抜けられる。そう安堵《あんど》して、少年が教えてくれた道を進み始めると、ふと気付いた。

（あれ？　なんか焦げ臭い……？）

鼻をくすぐったわずかな焦げ臭さに顔をしかめる。何か近くで焼いたのか。それとも火事か。首を傾《かし》げつつ辺りを確認すると、ふと、建物の壁際に何かが転がっているのに気付いた。

暗がりに目を凝らし、覗き込むと、

「ひっ!?」

路地裏の暗がり、道の隅。そこにあったのは、うずくまった状態で転がされた人間だった。見れば服がところどころ焦げていて、煙を上げている。しかもそれは一つだけではない。少年が指し示してくれた道の先に、いくつもいくつも転がっている。人間も多いが、人間だけではない。見たこともない獣や、迷宮に出てくるようなモンスターまで、細く立ち上る煙を上げて、道の端で痙攣《けいれん》していた。

……誰の、仕業なのだろうか。いや、ここはさっきの少年が通ってきた道だ。答えは、一つしかない。

正解にたどり着き、背筋をうそ寒くさせたそんなとき、

――一人歩きの小人《アローンポーター》が出たぞ。

――魔女の弟子に触れるな。近づくな。鉄槌《てっつい》を落とされる。

――声を呑み込め、息をひそめろ。じゃなけりゃ『黒曜牙《オブセスオルド》』の二の舞だ。

――人のよさそうな顔に騙《だま》されるな。アイツの瞳は冷え切っているぞ。

「…………」

路地裏にこだまする不穏な声。辺りにまだ何者かが潜んでいるのだろうか。しかし、出てくる気配はない。そもそも気配すらない。辺りを見回しても、見上げても、どこにも、なにも。あるのは黒くカビて煤《すす》けた路地裏の建物と、やけに細まった青空だけ。それしかない。

こちらが困惑する中も、路地裏の影たちはただひたすらに、誰かのことを恐れているような震え声を繰り返し繰り返し響かせていた。

――ポーションマイスター、メルメル・ラメルは、路地裏での大冒険を終え、冒険者《ダイバーズ》ギルド二階にあるポーションショップ『女神たちの血みどろ血液』にたどり着いた。

相変わらずおかしなネーミングのショップで、相変わらず店外には各種希少なポーションを求める冒険者《ダイバー》たちが長蛇の列を作っていたが、いまはそんなことを気にしている場合ではない。

いまの自分には、代金回収の他に、もう一つ重大な仕事が課せられているのだ。

（デイマさんのところに卸せなくなった分を、どうにかして卸せるようにしなきゃ……）

そう、失った取引先分の補てんである。取引量の増加ができなければ、自分たちは路頭に迷う――いや、最悪首を括《くく》らなければならなくなるかもしれないのだ。

この店に、大手工房の息がかかっていないことを願うしかない。

祈るような気持ちで店に入ると、やたら元気な店員と何者かが、勘定場で何やらやり取りしているのが見えた。

近付くと、向こうもこちらに気付き、

「あ、ラメルさん！　ちわーでーっす！」

無駄に元気な店員が笑顔で緩い挨拶をしてくる。だが、彼女と話をしていたもう一人が振り向いたとき、自分の身体は緊張で縛られた。

「――おやおや、これはこれは寂れたポーション工房のお嬢さんではないですか」

「あ、あなたは、イルネス工房の……」

やけにうるさい店員と話をしていたのは、大手ポーション工房の営業の男だった。

自分と同じように代金の回収にでも来ていたのか。こちらが固まっていると、営業の男は先ほどの冒険者崩れ《ダイバー》たちが見せたものとはまた別種の、いやらしい笑顔を向けてきて、

「あなたも代金回収ですか？　それともポーションの売り込みに？　大変でしょうね。あなたのような小娘が管理する工房で作るなんの面白みもないポーションでは、取引してくれるところにも困るでしょう？」

どの口が言うのか。その取引先に圧力をかけ、次々と潰しているくせに。

「あ、あの、そういうのはウチの店では勘弁して欲しいんですけど……」

いつもは騒ぎっぱなしの店員さんが、困ったような顔で、対応に窮している。

そんな中、話し声を聞きつけたらしいポーションショップの店長が、店の奥から現れた。

「あぁらぁん？　なになにぃ？　なんか楽しいお話ぃ？　アタシも交、ぜ、て？」

必要以上にくねくねしながら、会話の輪に不躾《ぶしつけ》に侵入しようとしてくる大柄色黒の男性――いや、オカマ。ここ『女神たちの血みどろ血液』の店長その人だ。

営業の男は店長を見るなり、うっと顔色悪くしてたじろぐが、さすがは人と接する部署の人間か。すぐに平然とした顔に立ち直り、姿勢を正す。確かにあの顔であの喋り方は精

神によろしくないだろう。

「てんちょー！　店長はまだお呼びじゃないですよー！　召喚してから出てきてくださいよー！」

「で、もー。これはあなたじゃ荷が勝ちすぎるんじゃなーい？」

「それは、まあ、確かに……」

「でしょう？」

常に叫ぶ店員さんも、大手工房の営業相手では厳しいか。そんな彼女のことを慮《おもんぱか》った店長は、店員さんを後ろに下げて、自分たちの前に立った。

……大きい。目の前に来られると、オカマという部分関係なく圧倒される。巨大だ。成人男性の平均的な高さを少し超えたくらいの背丈の営業の男よりも、頭一つ分は大きい。しかも、胸板がやたら厚い。腕も丸太並みに太い。ふとももは、まさしく女の腰ほどもある。腰も筋肉の塊だ。

「イルネス工房の代金回収は、もう少し先だったと思うけどぉ？」

営業の男も、店長の体格に圧倒されながらも、咳払い一つで立ち向かう。

「今日は、ご相談がありましてここに来た次第で」

「あらぁん？　なにぃ？」

ひたすらくねる店長に対し、営業の男性は眼鏡の蔓《つる》を押し上げつつ答える。

「ぽ、ポーションの取引に関してですよ。取引量を増やして欲しいのです」

「……それについては、簡単に良いとは頷けないわ。こっちは公認店だから、取引量の枠があるのよ？」

取引量の枠とは、そのまま公認店で扱えるポーションの量に関しての取り決めだ。

冒険者《ダイバーズ》ギルドの公認店は店舗の基盤が強いため、どの工房も取引をしたがる傾向にある。

その要望を唯々諾々と聞いて取引量を増やせば、他のポーションショップは当然割りを食うことになって経営を圧迫されてしまう。それでは健全でないからと、扱うポーションの量を自主的に制限しているのである。

「ですから、他の工房との取引の枠を、削って欲しいと言ってるんです」

「あらぁ？」

「もちろんタダでとは言いません。私どものポーションにしていただければ、品質の良いポーションを優先的に回すことをお約束しましょう。そのうえハイグレードポーションの方もです。それならどうです？　ここにいる小娘の工房と取引を続けるよりも、ずっといいと思いますが？」

「………………!?」

この男は蹴落とそうとする相手の目の前でそんな交渉をするのか。面《つら》の皮が厚いとかいうレベルではない。

あまりの物言いに、声を上げそうになったそのとき、店長がやけに冷めた視線を走らせ、

「ウチはね、そういうゲスい取引はしないようにしてるの」

「……いくらギルド公認ショップと言えど、安定してポーションを仕入れることはできないはずですが？」

「そうね。でも、だからこそ、取引先を大事にしてるの。ポーションを作るのは、工房じゃなくて人間だからね」

店長はそう言って、手をひらひらさせ、この話はもうおしまいと態度に表す。

――ポーションショップ『女神たちの血みどろ血液』店長、ゲール・ホモッティオ。以前は迷宮内で冒険者《ダイバー》と取引をして回る迷宮行商人として活動していたという。一筋縄ではいかない人物であり、情に溢れる人物でもある。下衆な取引に転がるような人間ではない……化粧のどぎつい色黒のオカマだけど。

「こんな小娘の工房など大事にしてなんの――」

「そこまでにしておきなさい」

「くっ……」

営業の男は諦め悪く交渉を続けようと試みるも、店長の鋭い視線に封じられる。剣呑な気配のせいで一瞬空気が冷たく引き締まったが、それはすぐに緩和して、

「それでぇ、メルちゃんの方は代金回収ねぇ？　いま用意してくるからちょっと待っててぇ」

ここだ。ここで言わなければ、機会はない。取引の量を増やしてもらわなければ、自分に明日はやってこないのだから。

背を向けた店長の背中に、声をかける。

「あの、待ってください！」

「……？」

「今日は代金もそうですけど、お願いがあってきました！」

「あら、なに？」

「うちの工房と取引する枠を増やして欲しいんです！」

その言葉に、店長はおろか店員さん、営業の男も驚いたような表情になる。

すると、すぐに営業の男が蔑んだような視線を向けてきて、

「はっ！　図々しい娘だな。取引の量を増やせだと？　お前の工房との枠など増やして、ショップになんの利益があると言うのだ？」

「それは……」

確かにそうだ。たとえ自分の工房と取引の量を増やしても、ショップが得るものは何もない。自分の作るポーションに特別なところはなにもなく、あると言えば、ただ適切な量を守り、魔力の細かい調整を図っているというくらい。

「そうだろう？　見返りがなければ、そうそう簡単に枠を増やすことなどできるわけがないんだよ！　少しは考えて物を言え！　このバカが！」

「…………」

営業の男は、口汚く罵って来る。弱り目を好機に、これでもかと容赦なく。

……だが、言われっぱなしでいいのか。ただ量を作り出すことにのみ固執しただけの工房の人間に、言われるがままで。こんな悪意を撥《は》ねのけるくらいのことができなくて、この窮地を乗り越えることができるのか。

――元気の出る魔法だよ。

（そうだ……）

そう、自分には、彼がかけてくれたあの不思議な魔法がある。ただ気持ちを奮い立てるだけの――しかしなによりも人には尊い、勇躍するための力。それを与《あずか》ったゆえ――そう、この苦しい状況下でも声を張り上げられる元気がある。困難に立ち向かうための、勇気があるはずなのだ。自分には、確かに。

「どうした黙り込んで？　自分の愚かさに気付いて恥じ入ったとでもいうのか？」

「あ……」

「ん？　なんだ？　何か言いたいことでもあるの――」

「あなたは黙っててください！」

「――!?」

営業の男に向かって、甲走った声を響かせた。まさか怒鳴られるとは思っていなかった営業の男は、気圧されてうっと言葉に詰まってしまう。

隙が、できた。

「お願いします！　どうかうちと取引する量を増やしてください！」

ダメ押しで頭を思い切り下げると、店長は硬い表情を向けてきて、

「……さっきもそっちの下衆が言ったと思うけど。枠を増やすっていうのは、そう簡単にできるようなものじゃないのよ？」

「わかっています！　それでも、枠を増やして欲しいんです！　これからもうちで作れる

最高のポーションを作り続けます！　図々しいとは思いますが、それで、どうにか……どうにか！」

　これが通らなかったら、終わりだ。いや、通してみせる。それこそ、かじりついてでも。店長が頷くまで、動かない、頭は上げない。たとえ迷惑だとしても。

　そんな覚悟で店長の返事を待っていると、ふいに彼は笑い声を上げ始めた。

「ま、冗談はこれくらいにしときましょうかねぇ」

「へ？」

　どこに冗談があったのか思い至らず、おかしな声を上げると、店長が、

「いいわ。オーケーよってことよ」

「ほ、本当ですか！　本当に枠を増やしてくれるんですか！」

「ええ。そうよぉ」

「あ……」

　夢か。いや、夢ではない。店長は、いま確かに取引する量を増やしてくれると言った。

　途端、嬉《うれ》しさと安堵がどっと胸に押し寄せ、その衝撃に膝が耐え切れず、へたりとその場に座り込んでしまう。

「あら、大丈夫ぅ？」

「は、はい。ごめんなさい……」

心配そうに覗き込んでくる店長に、震える声で失態を謝罪する。

一方、納得のいかない営業の男が店長に食って掛かった。

「これはどういうことだ！　どうしてこんな小娘の工房の分の枠を増やすのだ!?」

「どうしてもなにも、増やしたいから増やすのよ？」

「増やしてショップになんの利があるというのだ!?」

「利益だけでしか物を見れないっていうのは良くないわねぇ？　さっきも言ったでしょう？　ポーションを作るのは、工房じゃなくて人間だって」

人と人とのつながり――情を大事にしたとは言うが、それだけの理由で枠を増やしてくれるのは、いくらなんでも不可解過ぎる。相手は商売人だ。大事にする情は、のちの利益を見越したものになる。なれば彼は、自分の工房のどこに利益を見出したのか。

「ゲールさん……」

「こっちもちょうどメルちゃんのところのポーションを、ウチで引き取りたいって思ってたところなのよ」

「え……？　それはどういう」

「それはね……」

訊ねると、店長は思わせぶりな言葉を残して、奥へ引っ込んだ。どういうことか怪訝《けげん》に思っていると、彼はすぐに何かを持って出てくる。袋か。袋だ。何かを詰めた袋。

そして、持ってきたそれの中から取り出したのは、

「これよぉ」

「それって……」

「まさか、それは……」

「そう。いま巷《ちまた》で話題の、ゴールドポーション」

店長が袋から取り出したのは、黄金色の液体が入った一本の瓶。しかしてそれは、いまフリーダ中を騒がせ、冒険者《ダイバー》たちを熱狂させているという、空前絶後のポーションだった。少量でもその効果は絶大で、傷の治癒の度合いはハイグレードポーションにも匹敵し、そのうえ疲労回復、一時的に各種汎用魔法でもかけたかのように身体能力の強化が見込めるという前代未聞のアイテムだ。ただ、大量に使用したあとには揺り戻しのように大きな疲労が訪れるが、それを考慮しても余りある力を発揮するという。

当然だ。回復能力もそうだが、いままで魔法使いの存在に頼りきりだった能力向上支援を、魔法使いなしでその恩恵にあずかれるのだ。計画的に使用すれば、これほどの強みもない。

だが、そんな途轍《とてつ》もないポーションが自分の工房との取引と、なんの関係があるのか。

そう、訊ねるような視線を向けると、

「これを作るのに、あなたの作ったポーションが必要なのだそうよ？」

「必要って、一体何に使うんですか？」

「なんでもね、あなたのポーションにとあるものを調合して、このゴールドポーションにするらしいのよ」

「え……？」

店長の説明に、困惑の声を禁じ得ない。

だって、そんなことができるはずはないからだ。絶対に。

それは、営業の男も知っているらしく。

「バカな！　そんなこと不可能だ！　あり得ない！」

「あらぁ？　どうして？」

「どうしてもなにもないだろうが！　それは出来上がったポーションなんだぞ!?」

「……？」

店長は、営業の男が驚く理由を、いまいち察せていない様子。それもそのはず、ポーションショップの店長は、ポーションの専門家ではなく、ギルドが選んだ商売人だ。ポーシヨンについての詳しいことまでは、わからないのだろう。

「あの……ゲールさん。一度作ってしまったポーションに他の物を足しても、混ざることはないんです」

そう、混ぜられない。ポーションはトーパーズのもたらした奇跡と名高いが、その実、彼が作り出した魔法で生成した薬品だ。魔法をかけて完成させるため、その結果因果の綱がつながり、事象が固定されてしまう。つまり、作り出したものはそれで完結してしまうため、それ以上は変化させることができなくなるのだ。それゆえ、他のものを混ぜることはできなくなるし、もし混ざって他のものになるということは、それは完成したものではなく、不完全なものだったということになる。

それは矛盾だ。ポーションはできた時点で完結する以上、他のものを混ぜられるポーションはポーションではなく、もちろん自分はそんな不出来なものを卸してはいない。

それを聞いたゲールは、ふいに考え込むような姿勢を取り、

「……あーそう言えば、そんなこと言ってたわね。普通は混ぜることができないって。だからなんか魔法で手を加えるそうよ？　確か、要は完成してるから混ざらないのであって、完成するすぐ手前の段階の不完全なものに戻してしまえば、混ぜることはできるとかなんとか。アタシは魔法使いじゃないからどういうことなのかはさっぱりなんだけど」

店長の話の内容に、イルネス工房の人は驚愕をあらわにして、

「ふ、不完全にするだと!?」

「……いえ、でもしかし」

不完全にする。確かにそれで道理は立つかもしれないが――完結したものであるゆえ、変化させることができないというルールはどうなっているのか。それにまず、完成したものをどうやって不完全にするのかその手段がわからない。

「すごいことなの？」

「考え方からして前代未聞です。しかもそんな技術が存在するのかどうかだって……」

「因と果の綱がどうとかってのも言ってたわね。魔法の基礎だって」

「魔法の基礎……あ！」

「あら？　なにかひらめいたみたいね？」

「ポーションを完成に導いた……綱渡しをした技術が魔法だから、魔法で解くことができる。これなら……」

できるかもしれない。だが――

「でも変質させて、そのまま効果を残すことができるかは……」

「なんかね、あなたのポーションは完璧に近いっていうことも言ってたわよ？　適正な量

を計って、精密に魔力をかけるから、完璧なんだとか。下手なポーションに不完全になる魔法を使うと『ポーションのもと』にもならなくなってしまうらしいってね」

店長はそう言って、営業の男に流し目を向ける。彼はその意味というか嫌みに気付いたか、

「私たちの出しているものの品質が良くないとでも言うのか」

「そうなんじゃないのぉ？　だってその人、いろいろ試したけど彼女のじゃないと作れないって言ってたわ。大量に作ることに重きを置いたせいで、色々おろそかになってるんじゃないの？　ねぇ？」

「うぐ……」

「私の作ったポーションが……」

「ええ。比率がバッチリなんだって。職人技だそうよ。全部同じで全部均等。完璧なポーション」

「そうか……正しく作ったポーションだから……」

普通はどの工房でも、もとのレシピに手を加えて作っているという。代々続けられる独自の工夫を、ポーションに反映しているのだ。

しかし、ラメル家のポーションのレシピや手順は、トーパーズに伝えられたときから、

ずっと変わっていない。

真面目に、愚直にそれを守り続けてきたこれがその結果なのか。

だが、まさかそんな評価を受けられるとは思ってもいなかった。ポーションはいくら正しく作っても、大きな差はないとされており、あって治りが少しだけ良い、馴染《なじ》みやすいなど、それくらいの微々たるものなのだ。普通に使って評価されないものを、まさか別のポーションの材料にすることで評価されるとは。

ふいに、店長の顔つきが商売人のそれになる。

「メルちゃん？　これからも、いままでと同じ品質の良いポーションを作って頂戴。ウチで残らず買い取らせてもらうわ。買値は普通のポーションの五倍。どう？」

「ご、五倍って、それは……」

そんなにいただいていいのか。そんな疑問を顔に出すと、

「いいのよぉ。これは作り手の事情を考慮したうえで、ギルドとの合議の結果の値段設定だから」

「でも、本当にいいんですか？　それではそれを作ってるマイスターの方の取り分が……」

「その分はあなたのポーションを優先的に受け取ることになってるし、金銭も十分受け取

ってるから、それで構わないらしいわ。いいんじゃない？　向こうは商売するつもりもなければ、深刻に考えてる節もないし、いいこと利用してあげたら？」

「それはそれで、なんか……」

自分ばかりが条件がいいことに気が引けていると、

「ふふ。向こうもあなたと同じ気持ちよぉ？　あなたのポーションを使って荒稼ぎするのは彼も気が引けるんですって」

なるほど。確かにそれなら、いいのかもしれない。だが、

「欲がない方なんですね」

「いいえ。欲は丸出しよ。交渉のときに、自分の分のポーションを確保したいからその分は卸さないっていうのと、迷宮で冒険がしたいから作る量は少なめでってそこは頑として譲らなかったもの」

「え……？　め、迷宮で冒険って、その方、冒険者《ダイバー》なんですか!?」

「ええ。そうらしいわ」

店長がそう言うと、そのマイスターと顔見知りらしい店員さんが、

「よくウチのお店に顔を出してくれるお得意様ですよー。見た目は頼りなくって全然冒険者《ダイバー》って感じじゃないんですけどねー。――あ、それと、そちらの不出来なポーション

を作る工房の方、まだいるんですかー？」

店員さんが含みのある視線と、あけすけな嫌みをぶつけると、

「くっ、失礼する！」

営業の男は二度と来るかという風に吐き棄てて、店を後にした。

あとに残ったのは、さっぱりとした店員さんの笑顔。

「へっへー、いい気味ですねー！　ねー店長？」

「そうね。でも、あんまり露骨にそういうこと言うのは、いただけないわよぉ？」

「はい！　以後気をつけまーす！」

とは言うが、店員さんの顔はにこにこだ。よほどいい気味だったのだろう。それは、店長も同じらしく、

「ま、アタシもすっきりしたけど。メルちゃんの方がすっきりしたかしらぁ？」

「え、ええ……」

確かに、いい気味だとも思うが――話の途中から営業の男のことなどは、ほぼどうでもよくなっていた。

自分も工房を持つマイスターなのだ。なにに一番興味を惹かれるかと言えば、

「これ、やっぱり気になるのねぇ？」

そこに気付いた店長が、ゴールドポーションの入った瓶を手に取る。

「はい……あのそれ、一口いただいても？」

「いいわよぉ。原料はあなたが作ったものだしね」

小さな計量用のカップに一口分だけもらって、口に含み、すぐに飲み込んだ。

「……！？！？」

しばらくして効果が身体に表れたと同時に抱いたものは、純粋な驚きだった。

怪我《けが》や疲労があるわけではないゆえ、そう言った面での効果は実感できなかったが、それでもこのゴールドポーションが世間を賑わす別の効果は、大いに実感することができた。

効果が表れると同時に、身体が溌剌《はつらつ》とし、周囲の事象を鮮明にとらえることができるようになり、さながらレベルが上がったあとのように、身体に過剰な力が溢れて来たのだ。

途轍もない効果だ。まさに、前代未聞といっていい。

だが、しかしこれは――

「びっくりするわよねぇ？　私も一口飲ませてもらったことがあるけど、すごい効果だもの。ねぇ、どうこれ。作れる？」

「………………」

「メルちゃん？」

「……これ、ポーションじゃありません。別の薬です」

「はい？」

「きっとレシピを教えてもらっても私には作れません。かなり高位の魔法使いの強烈な魔力じゃないと、こんな風にはできないでしょう」

そう、いま飲んだものは……おそらくだが、ポーションではない。確かに薬草《テア》をもとにしたポーションで作ったものではあるのだろうが、まったく別物だった。

その発言を上手く察せなかった店長が、

「ポーションじゃないっていうのは……」

「ポーションじゃないんです。えと、なんて言えばいいか……」

完全に変質しているのだ。ポーションの効果を保ったまま、別の薬になっていると言えばいいか。自分でも上手く説明はできないが、これがポーションではないということは、はっきりと言える。ポーションは慈悲のように温かみに包まれるが、こちらはそれを保ったまま、激烈な刺激が来る。まるで、人間の身体の奥底に眠る力を、刺激して引き出す、引き上げるかのように。

これを作ったマイスターは、おそらくかなりの高レベルの魔法使いで、器用な人間なのだろう。まさか、トーパーズがもたらした秘法を作り変えて、別の薬を作り出してしまうとは驚きを通り越して、恐怖すら感じてしまう。

「その方のレベルは？」

「いえ、聞いてないわ。そんなに高いの？」

「……たぶん、ですけど」

明確な答えが出せず、その場で唸っていると、店長は妙な空気になったことを察したのか、

「あ、そう言えば代金、忘れてきちゃったわぁ。いま取って来るわねぇ」

そう言って店の奥へと引っ込んでしまった。店の奥から聞こえてくる「うおらぁー！どこじゃあー！　でてこいやー！」という野太い声。だが、飲んだ薬があまりに衝撃的だったせいで、まるで耳に入ってこなかった。

そんな中、店員さんが、

「良かったですねー、メルメルさん」

「良かった？」

何のことか、上の空のままで聞き返すと、彼女はくすりと笑って、

「あ、ゴールドポーションの効果にびっくりして、忘れてるんでしょー？　取引のことですよー。取引のこと」

「あ……」

そうだ。取引する量を増やしてもらったのだ。そればかりか、卸値もいまよりずっと高い金額で設定してもらえることになった。

それに気付いた自分に、店員さんは改めて笑顔を向けてくる。

「では、気を取り直して！　良かったですね！」

「はい。これで……」

これで、傾いた工房を立て直せる。母にいい治療を受けさせてあげることもできる。

「お母さん……」

母の言った通り、神様はちゃんと、自分たちのことを見ていてくれたのかもしれない。

第11階層　奇跡のポーション、色黒のオカマ召喚！

以前、魔法の勉強の一環で作ったゴールドポーションを、冒険者《ダイバーズ》ギルドが買い付けるということになった。

優良なポーションの存在は迷宮で活動する冒険者《ダイバー》にも、冒険者《ダイバー》を擁《よう》する冒険者《ダイバーズ》ギルドにも生命線だ。あのポーションはどうしても卸して欲しかったらしい。

後日、アシュレイさんとの交渉の結果、ゴールドポーションを定期的にいくつか、ギルド直営のポーションショップに納品することになり、そのため今日は、公認店が置かれているギルドの建物二階へと訪れた。

目的の店へ行くため通路を進んでいくと、長々とした行列が見えてくる。目的のポーションショップの前には、迷宮攻略を前にした冒険者《ダイバー》たちがグレードの高いポーションやマジックポーション購入のために日々長蛇の列を作っており、まるでリンゴ製品発売直前の家電量販店の様相を呈するのがお馴染みの光景となっている。これもいつものことだから、特段驚くようなことじゃない。

グレードの高いポーションはもとより、マジックポーションは身体を癒す方のポーションよりも品薄になりやすいため、入荷待ちで何日も座り込んだりするのがザラなのだ。それでも、ここフリーダには冒険者《ダイバー》の存在もあってか他の大都市よりも多く店舗が存在するため、ポーション行列は他の都市よりはだいぶマシらしいんだけどね。

並んでいる冒険者《ダイバー》さんたちを横目に店の中に入って行く。待っている人たちは求めているポーションが入荷待ちだから並んでいるのであり、僕が気後《きおく》れしちゃう理由はない。

「いらっしゃいませ！　冒険者《ダイバーズ》ギルド公認ポーションショップ『女神たちの血みどろ血液』へようこそ！　普通のポーションですか？　お高いポーションですか？　どれにします？　といっても普通のポーションはさっき全部売れちゃってもうないんですけどー！てへー！」

相変わらずひどいネーミングの店へ入ると、金髪ポニーテールの女性店員さんが迎えてくれた。品切れのせいか「キャーごめんなさーい！」とは目を><（こんなかんじ）にして言うのだが、テンションの高さと持ち前の明るさのせいで、まったく謝られたような気分にならない。というかやたらと騒々しい。

「って、あれ？　あー、クドーさんじゃないですかー。今日も普通のポーションですかー？　たまにはお高いのバンバン買っちゃってくださいよー」

「お高いのは僕のお財布にダイレクトアタックだからちょっと無理かなー」

「でもー、さっきも言った通り、普通のはもう売り切れですよー。今日はなんと店の前で入荷待ちをしていた冒険者《ダイバー》さんたちが根こそぎ買っていかれました。もう買っていったというより狩っていったというのが正しそうですけどー」

やたらハイテンションな店員さん。「私上手いこと言ったー」と何故かご満悦《まんえつ》である。異世界語でも「買った」と「狩った」はかかるのかといささか不思議に思うのだけれど、それはさておき。

「外で待ってる人たちはやっぱりマジックポーションとかを?」

「ええ。そんな感じです」

「相変わらずポーションは入荷量が少ないね」

「ポーションが冒険者《ダイバー》さんの需要に追い付かないのはいつものことですよ。どうしても安定的に手に入れたかったら、お高いのを買うか、専属のポーションマイスターを雇うかしないとダメですねー」

「だよねー」

同意の言葉がゆるゆるである。自分でも思うが、この店員さんとは緩い会話になりがちである。

「店員さん店員さん、ここってポーションの予約ってできたっけ？」

「うちでは予約は受け付けていませんよ。そんなことしたら他の冒険者《ダイバー》さんから文句が出ますし。ちゃんとお並びになっていただかないとダメでーす」

「そっかー。個人的にどうしても欲しいのがあるんだけど」

「お高いのなら店長と相談するくらいの権利をあげますよ？　召喚します？」

「いや、欲しいのは普通のポーションなんだけどね」

今日僕がここに来た目的の一つだが、ゴールドポーションの調合元のポーションを手に入れるということも兼ねている。最初から全部自分で作るとなると手間もバカにならないためだが――特に高いポーションとかは必要ない。……というか店長を召喚とは何ぞや。店長は召喚術を使わないと呼べないような存在なのか。

するると、店員さんは可愛《かわい》らしく小首を傾《かし》げ、

「クドーさん、どうしても欲しいのに、普通のポーションなんですか？」

「そう。ポーションって一応作り手によって違うでしょ？」

「まあそういったお話も聞いたことはありますけど……目に見えて変わるんですかー？」

なんだかやたら不思議そうにしている店員さん。確かに効果だけを見るならば、そうそう変わるようなものではない。ただ、それでも中身の比率が作ったアトリエごとに違うた

め、調合するのに適したポーションというのが出てくるのだ。

「それが結構変わるんですよ」

「ちなみに誰のがです?」

「ええと……確かメルメルさん?　だっけ?」

「マイスター、メルメル・ラメルのポーションですか?　はい、ウチで取り扱っているポーションですね」

「じゃあ今度それ買い取るから僕用に残しといて欲しいんだ」

「ですからー」

「これ」

「はい?」

そう言って差し出したのは、この前アシュレイさんの伝手《つて》でギルドからもらった証明カードだった。

それを見た店員さんが、あからさまに驚く。

「とととととと、とと!?　特級マイスター!?」

「しっ!　静かにして!　聞かれる!　周りに聞かれるから!」

にわかにでっかい声を上げだした店員さん。その内容を聞かれないように急いで口をふさぐ。そして落ち着いたのを見計らって、手を放すと、店員さんは目を丸くして訊いてきた。

「ど、どうしてクドーさんが特級のカードを!?」

「それはね、これだよ」

そう言って、自分が特級マイスターとなった――というかならされたブツを見せる。

すると、店員さんは証明カードを見たとき以上に驚きの表情を見せた。

「そ、そそそそそれ！　ゴールドポーション！　ゴールドポーションじゃないですか！　もしかしてクドーさんが作ったものなんですかそれ！　おおスゲー！　マジスゲー！」

ちょっと手渡すと彼女は、尊い物でも見るように、天井に掲げてまじまじと見始める。

「これが、使用すればどんな怪我《けが》も病気も治って、しかも身体能力までもがブーストされるっていういまフリーダで話題騒然の超効果ポーション！　やっべー、すっげー！　ナマのゴールドポーションー！」

ブツを目の当たりにした店員さんの語彙《ごい》が死滅しかかっている。というか噂《うわさ》が独り歩きしすぎだ。そこまでとんでもな効果はこれにはない。

「僕のこれね、そのメルメルさんのポーションをもとにして作ってるんだ。で、ギルドの方から定期的に作って卸して欲しいって言われてね」

「それで、ポーション買い取りの予約がしたいと」

「うん」

頷《うなず》くと、店員さんは難しい顔をして、

「えーとですね。これはちょっと私の一存ではどうにもならないので、店長を召喚してもら？」

「よろしくお願いします」

「わっかりましたー！　よし、では私はゴールドポーションとクドーさんを生贄《いけにえ》に店長を召喚する！　見るがいい！　そして驚くがいい！　黒く輝くてんちょーかーむひあー!!」

「いや、生贄ってあんたどこのデュエリストですか……」

店員さんがどっかのカードゲーアニメの社長よろしく威勢よく叫び出すと、店の奥からぬっと巨大な影が出てくる。

「あらん、どうかしたのぉ？」

「うひ!?」

現れたのは、浅黒い肌を持った巨大なオカマさんだった。

オカマさんは慄《おのの》いて後ずさった僕を見ると、ウインクをしてくる。ヤバい、本当に生贄にされたかもしれない。滅びのバーストなんたらとか撃ち込まれそう。

そんな風に思っていると、店員さんが、

「店長！　お耳を拝借！」

「あら、いいわよぉ」

店員さんは不必要にくねくねしている店長の耳元に取り付き、これまでの経緯を話していく。

「なるほどねぇ。例のミィラクルゥなポーションを作るために、マイスターメルメル・ラメルのポーションが必要だと」

「はい。あとはギルドの要望で、どこでもいいから、ゴールドポーションを卸すところを決めてきてくれと」

「それで、ウチに？　ありがたいわぁ～」

変な声音を出すな語尾を伸ばすな。あと、不必要にくねくねを加速させるなお願いやめてほんとにやめて。

「クドーさん、メルメルさんのじゃないとダメなんです？」

「うん、他のだとなんか安定しなくってねー。メルメルさんのはかなり細かく計って丁寧に作ってるから」

「自分で工房作ってポーションを一から作るとかはしないのぉ？」

「できなくもないですけど、そうしたらそうしたで迷宮で冒険する時間がなくなっちゃうから、やっぱり買った方が早くて。手間とか設備投資とか馬鹿にならないですし」

学生。冒険者《ダイバー》、ポーションマイスター。全部やるなら、一日が四十時間ぐらいないと間に合わない。それだけポーションの調合は時間を使うし、神経使うのだ。

「ゴールドポーション用に買い付ける分、僕の分は少なくていいんで、メルメルさんのところに利益が上手く回るように二倍でも三倍でも高く支払いをしてあげてください」

そう言うと、店員さんもオカマ店長も驚いたように目を丸くする。

「は？　え？　取り分少なくしちゃっていいんですか!?」

「ええ。さっきも言いましたが、僕がポーション作るのはギルドからのお願いですし、他人の作ったものを使って稼ぐっていうのも、なんか気が引けるっていうかね……」

栄養ドリンクを混ぜて作るお手軽ポーションで荒稼ぎっていうのは、ちょっと気が引けるのは事実である。

「クドーくんがやってるのは仕入れなんだから、それも商売だと思うけどぉ？」

「僕はポーションを卸してもらえるだけで利益ありますんで」

「そうなんです？」

「あ、なるほど。自分の分をプールするってことねぇ？」

「ええ。定期的に手に入れれば、僕の分を確保するのも簡単なんで。どうでしょう？　卸していただく件は」

「いいわよぉ。取り分はウチはが三割、あなたが二割、メルメルちゃんが五割でどう？」

いまのゴールドポーションの価格から考えれば、店売りの金額はおそらく最低でも一瓶金貨七枚から十枚になるだろう。そこから僕の取り分は二割。一瓶分で金貨一枚一万円程度になるなら、十分な取り分だ。栄養ドリンクが一本数百円だから、むしろぼりすぎ問題ですらある。

「それでお願いします」

「わかったわ。細かいお話詰めるから、奥に来てぇ〜」

「え？　それはちょっと……」

「大、丈、夫。なにもしないわよぉ〜」

「…………」

ほんとか、マジで身の危険を感じるのだけれど。店員さんの方を向くと、露骨に目を逸《そ》らして「だ、だって生贄召喚ですし……」と微妙な笑顔を見せ出した。

身の危険は感じるが、話を詰めるには奥に行かねばならない。もちろん、全力で離脱できるように、小声で汎用魔法『強速《きょうそく》ムービングアクセル』をかけたのは言うまでもない。

エピローグ

この日、僕は朝から冒険者《ダイバーズ》ギルドにいた。

僕が朝からここに来るっていうのは珍しいことだ。当たり前だよね。僕は学生なので普段この時間帯は学校に行って勉強という学生の本分というか頭脳労働に勤しんでいる最中だから。さぼったりしない限りはここには来られない。

つまり、今日は学校に行く必要がない日。そう、みんな大好きお休みの日曜日なのだ。

さてどうしよう。今日はまったり朝から迷宮に潜ろうか、それともここでダラダラ過ごそうかなんて考えていたとき、ふと背後から聞き覚えのある声がかかった。

「……アキラ？」

「あ、スクレ」

振り向くと、スクレールがそこにいた。

「こんな時間に来てるなんて珍しい。だいたいいつも午後からなのに」

「今日は学校お休みだから」

「アキラは真面目。毎日勉強してるうえ、毎日ギルドに来てる」

「真面目って……そんなことないけどなぁ」

「そう？　普通の冒険者《ダイバー》は週に三日はダラダラしてるのに」

そうなのだろうか。僕なんか部活動もせずに、こんな朝っぱらから勉強もしないで息抜きに逃げてるような不真面目高校生なのだ。真面目なーんて言われちゃうと本当に真面目な人たちに申し訳が立たない。

「アキラはどこに潜るつもり？」

「特に予定はないかな。これからどうしようか考えるつもりだったし」

「ふうん」

「スクレは今日どこに行く予定？」

「『屎泥《しでい》の沼田場《ぬたば》』に潜るつもりだった」

「そっかぁ」

大変だろう。あそこは環境的に特に厳しい。毒々しい色みの草木が蔓延《はびこ》る荒野に、緑や紫のポイズンな沼、底なし沼な茶色の沼、しゅわしゅわして骨までとろけるチーズな黄色い沼などが広がるヤベー場所だ。モンスよりも環境の方に細心の注意を払わなければならないという、どこの地獄だってくらいに地獄地獄している場所だ。

そんなことを考えていた折、スクレールが妙な言い回しをしていたことに気が付いた。

スクレールはぴょんと可愛らしく一跳ねして、僕の顔にお顔を近付けてくる。

「アキラの世界に行ってみたい。もしよければだけど」

「うん？　僕の世界に？」

聞き返すように訊ねると、スクレールはこくりと頷く。

「前から気になってたから」

「話はしてたもんね」

「どう？　ダメ？」

「いや僕的には全然いいし、神さまもオッケー出してるから問題ないけど、いろいろ準備が必要だよ？」

「何が必要？」

「服は……向こうで買うまでの間に合わせとして僕のを着るとして」

「ふむふむ」

「まず耳を隠さないとね」

「耳を？」

「そう。僕の世界人間種族しかいないから。耳が長い人見たらびっくりしちゃう」

「どうした方がいい？」

「パーカーかもしくは帽子を被る……いや、魔法を掛ければいいのかな。そこは神さまに相談してみよう」

神さまならきっとなんとかしてくれるはずだ。ここはまるっと他力本願で行こう。

そう言うと、スクレールさんはちょっとムッとしたように頬っぺたをぷっくりさせる。

「あと、すぐに誰にでもケンカを売らないこと」

「……私はそんなに危なくない」

「いや、さっき言った通り僕の世界人間種族しかいないから。誰にも彼にも殺気ぶつけたら失神して、おまわりさん来ちゃうことになるんだよ。むしろヒロちゃんが出動する案件になっちゃう」

「そうなの？」

「そうそう。きっとというか間違いなく不躾な視線は送ってくるだろうから、ちょっと気を付けないといけないかもだけど」

そんなわけで、僕とスクレールは現代日本へと転移する前に、神さまのいるところに転移したのだった。

あとがき

まさかこれが本になるとは！

正直、この作品に書籍化のお声をかけていただいたときは驚きました。樋辻臥命です。

小説家になろう様で息抜きに好き勝手書き散らして、小説の書き方とか構成とかなんてまるっと全然考えてなかった作品なのに、まさかの書籍化です。

中身はわかりにくいネットスラングやネタなど盛りだくさんで、構成も特に山やオチがあるわけでもなく、完全に読み手を選ぶタイプの一般的に小説としてよろしくないと言われるような感じです。

なので、書籍化とかまったく考えてなかったのですがGCノベルズ様の担当編集さんがお声をかけて下さり、こうして書籍化する運びとなりました。すでにGCノベルズ様で刊行させていただいている「失格から始める成り上がり魔導師道！（編注：既刊1～4巻、GCノベルズより大好評発売中！）」の方を読む前からお読みになっていたようで、まったくありがたい限りです。

　では最後に謝辞といたしまして、ＧＣＮ文庫様、担当編集Ｋ様、イラスト担当のかれい様、株式会社鷗来堂様、応援してくださっている読者の皆様、本当にありがとうございます。

ファンレター、作品のご感想をお待ちしています!

【宛先】
〒104-0041
東京都中央区新富1-3-7　ヨドコウビル
株式会社マイクロマガジン社
GCN文庫編集部

樋辻臥命先生 係
かれい先生 係

【アンケートのお願い】

右の二次元バーコードまたは
URL（https://micromagazine.co.jp/me/）を
ご利用の上、本書に関するアンケートにご協力ください。
■スマートフォンにも対応しています（一部対応していない機種もあります）。
■サイトへのアクセス、登録・メール送信の際の通信費はご負担ください。

本書はWEBに掲載されていた物語を、加筆修正のうえ文庫化したものです。

この物語はフィクションであり、実在の人物、団体、地名などとは一切関係ありません。

GCN文庫

放課後《ほうかご》の迷宮冒険者《ダンジョン・ダイバー》
～日本《にほん》と異世界《いせかい》を行《い》き来《き》できるようになった僕《ぼく》はレベルアップに勤《いそ》しみます～

2021年11月28日　初版発行

著者　樋辻臥命《ひつじがめい》

イラスト　かれい

発行人　子安喜美子

装丁　森昌史
DTP／校閲　鷗来堂

印刷所　株式会社エデュプレス

発行　株式会社マイクロマガジン社
〒104-0041　東京都中央区新富1-3-7　ヨドコウビル
［販売部］TEL 03-3206-1641／FAX 03-3551-1208
［編集部］TEL 03-3551-9563／FAX 03-3297-0180
https://micromagazine.co.jp/

ISBN978-4-86716-209-5 C0193
©2021 Hitsuji Gamei ©MICRO MAGAZINE 2021 Printed in Japan

定価はカバーに表示してあります。
乱丁、落丁本の場合は送料弊社負担にてお取り替えいたしますので、
販売営業部宛にお送りください。
本書の無断転載は、著作権法上の例外を除き、禁じられています。